JN096689

一回

東京大空襲を乗り越えた朋代

【目 次】

1章　戦争と運命

名前と命を奪った、東京大空襲

夜中から激しい雨が降り出している。屋根を叩く音がやかましい。

空襲警報が鳴らない夜が明けた。一年以上、寝巻に着替えて寝たことはない。いつ空襲がくるかわからないからだ。

朋代が顔を洗ってくると、父が、

「朋代、叔母ちゃんがいるんだから、軽井沢に疎開した方がいい。この辺りも（東京都足立区梅田近辺）空襲がだんだん増えて危なくなってきている」

「イヤ、叔母ちゃんがいるところなんか、絶対に行かないわ」

朋代は初めて父に反抗した。

母は何か期待が隠されているような声で、

「朋代は私が守りますから」

叔母が嫁いだことで母の態度は一変した。朋代は子ども心でも、叔母の人間性をいやというほど見せつけられていた。叔母は人を壊す荒涼とした世界だけで、人間らしさがまったく見えない人だった。そういった意味では、母も叔母の被害者だった。

わが家から叔母がいなくなって、母は心の豊かさを取り戻した感があった。そのため、叔母のところへ朋代を預けることに即反対したのだ。空襲という濃い不安と焦慮《しょうりょ》があったにもかかわらずである。

「昨日も工場の裏の大きな家の広い庭に、爆弾が落とされたばかりじゃないか」

確かに爆弾は怖い。落下音は電車が鉄橋を通った時と同等だ。

父は朋代が東京にいることが心配だったのだろう。父の心配はありがたいことだったが、朋代は死んでも叔母のところに行きたくなかった。

父が経営する医療器械を製造する会社は営業活動が許されなくなり、戦闘機の部品製造工場となった。

米や魚や野菜は軍部に搾取されたが、その頃、台湾を占領した日本軍は、乾燥バナナを大量に生産させて軍事工場に配布していた。

乾燥バナナが父と母と私の皿には三本ずつ乗せられていた。これがわが家の朝食だ。生の方が腹持ちがよいが、少しでも長くもたせるために乾燥させたと思われる。乾燥バナナはジャガイモやサツマイモ、カボチャや大根と違い、甘くてとてもおいしかったが量が少ない。

時折、卵が木箱に入って軍部から送られてきた。卵は腐るのでわが家に送られてきたのだろう。食糧はすべて配給制であり、米はわずかばかりだった。スケトウダラも時折配られた。油は魚油《ぎょゆ》で生臭くて食べられたものではない。とても寮の人々と家族が命を保てるものでなかった。

お手伝いさんと母は、東京近郊の農家に買い出しに行った。母がタンスから着物を出し、お

手伝いさんに、

「この大島紬《つむぎ》どうかしら？」

「こんな上等なもの、もったいないですよ、それにこの価値がわかるどうか……」

当時は農家との交渉は金銭ではなく、着物と食べ物の交換であった。そのため、どこの家でも着物がどんどんなくなっていった。

母は長女でたくさん着物を持っていたので、タンス一棹《さお》を軽井沢の家に疎開させ、もう一棹を家に置いていた。一方、叔母は父の軽井沢の家に勝手に自分の家族と疎開していた。

母とお手伝いさんはリュッサックを背負い、農家を訪ねてジャガイモやサツマイモ、大根などに交換してもらうことが日課になっていた。いつも、お手伝いさんの方が交換できた品物が多い。

「また負けちゃったよ」

「奥さんはお嬢さん育ちだから、私は少しずる賢いだけですよ」

二人で笑っていた。

金銭が通用しない飢餓の時代の笑いだ。朋代は笑うことはよい時だけのものだと心に置いていたが、この二人のやりとりからそうでもないことを知った。心というものは、その時々で色々な動き方をするものだ。

大人も子どももも痩せ細り、子どもは栄養不良が原因で体のいたるところに吹出物ができていた。朋代は唇にそれが出た。病院に行き、先生に瘡蓋《かさぶた》をはがしてもらう。その痛さはとんでもない。そこに薬を塗ってもらって帰るのだが、原因が栄養不良だから治るはずもない。

農業と漁業に携わる人たち以外は飢えに苦しんだ。家の庭には家族が入る防空壕を作り、庭木はすべて切り落とし、カボチャの種を植えた。おいしくなくとも飢えを満たすためには、カボチャは最適であった。カボチャだけを食べている友達は顔も体も黄色くなってしまった。


一九四五年（昭和二〇）三月七日のことであった。父が事務所で郵送されてきた書類の開封をすると、

「大変なことになったぞ。海軍省から通達がきた。即刻、東北への疎開命令が出た」

「東北と言ったって、色々な県があるし、どうなさいますか」

「そうだな、友人の井上君が福島にいるから、とりあえず彼に電話をしてみる。庄屋の家だから顔が広いだろうし」

翌日の八日、工場長に〝もしも〟の時は頼むと父が言って福島に立った。

友人の井上さんからすべて任せろ、という返答をもらい、父はお手伝いさんを含む寄宿舎の人たちを全員帰宅させ、疎開の用意をするように伝えていた。

その〝もしも〟が九日の夜に起こった。東京の空にアメリカのＢ29戦闘機が三四四機、襲来し、焼夷弾を投げ散らしたのだ。

「朋代、防空壕も火にまかれると出られなくなるから、とにかく外に出て、火の手の上がっていない方に逃げよう」

母と外に出た。火の手は近い。その時、工場長が現れた。

「早く逃げてください。機械が大事なので、消防車を誘導して消火してもらいますから」

海軍の監督工場だと言えば、消防車がくると父が助言していた。

朋代は母と手をつなぎ走った。家が焼けるだろうと予測していたので、鍵はかけていない。今でこそ布団は布団屋などで買うものだが、庶民の生活では、着古した着物で掛布団を作っていた。朋代の掛布団も古い着物をなおしたものだ。一九三三年（昭和八）生まれの朋代は、洋服も着たが、和服も着た時代である。

ふと、横を見ると見慣れたものが横切った。朋代がいつも使っていた掛布団が丁度よかったのであろうか、この布団をかぶって走り抜けていった女の人がいた。

「役に立ってよかったよ、どうせ焼けてしまうんだから」

と、母が言った。

「そうだわね。でもあの女の人、足が早いわね。お母さん、私たちも早く走らないと、炎が追いかけてくるわよ」

朋代たちも必死に走った。しかし、焼夷弾の落す量が多くなったように感じられた。低空で人を狙い撃ちをしているようにも感じた。母が通りがかりの下駄屋の防空壕に入れてくれと必死に頼んだが、だめだった。

朋代の掛布団をかぶって走っていた女性が倒れているではないか。二人が走った道は死体が横たわる道であった。死体の中をよけながら走る。後ろ足二本がなくなっている猫が尻を引きずりながら前を横切った。

炎は風を呼ぶのか、パチパチという音も聞こえてくる。

「早く走ろう、サチおばさんの家（父の姉）まで」

「もうくたびれちゃったよ……」

朋代は弱音をはいた。母は朋代の手を引っぱり上げながら走る。

「お母さんの足、頑丈なのね」

「だって、徒競走はいつも一番だったよ。ほら、サチおばさんの家の塀が見えたよ。ガンバレ、ガンバレ」

死体の道を通り過ぎると、記憶はぼんやりしている。千住付近のサチおばちゃんの家あたりは空襲に遭わずにすんだようで、どこの家も静かで暗い。家のガラス戸の内側には爆風避けのために、障子紙を二センチ幅に切って貼ってあった。当時、どこの家でもそうだった。雨戸を閉めていてもいくらか明かりが漏れるのを案じて、黒地のカーテンをかけている家が多い。電球の笠にも黒の布で巻かれている。空襲警報が地響きを立てると、電気を消して防空壕に入るのが日課のようになっていた。

サチおばさんの家に着いた。

「まあ、本当に無事でよかった」

サチおばさんは、ほっとしたような顔で労うように言った。

「サチお義姉さんの家の方が火の手が上がっていないようなので、やっと走ってきました」

「こんばんは」

「朋ちゃんも、よくここまで走ってこられたわね。えらいわ」

「お母さんに引っぱってもらってきたの」

「そうなの、もう夜が明けるから、朝ご飯の仕度をするからね」

大きな立派な庭の木々は全部切って畑にしてある。伯父（サチさんの夫）は一年前に病で亡くなっていた。

何しろ、どこの家でも米の配給はほんのわずかである。自分で作った大根を小さく角切りにして、少しの米と塩で味つけした朝食だった。これが当時の庶民の食事だった。

「サチお義姉さん、家は工場ごと、社員の家族も福島に疎開するので一緒にいらっしゃいませんか」

「私は一人でいいの。知り合いの農家の人から三枚の小紋の着物と、野菜の種を交換してもらったの。ついでに作り方もね。ジャガイモやサツマイモは放っておけば自然に芽が出るし、食べ物に困らないし、死んだら亡くなった主人の側にいけるんだから」

朋代は無言になっていた。

「朋ちゃん、このサツマイモお母さんに煮てもらって」

布の袋に入れた大きなさつま芋を五本もらい、サチおばさんの家を後にした。

しばらくは住宅街を歩いた。突然、焼野原に地平線を見た。後に東京大空襲と呼ばれる爪痕だ。朋代は死体を避けながら歩くしかなかった。子ども心に、悪いことをした人間の構図のような気がした。子どもに殺戮の現場や死体を避けながら歩くことをさせてはならない。もう人間を悲惨さから守るものは何もないと、この焼野原は語っているようだ。

母の顔を見ると、大粒の涙がいく筋も流れている。朋代も気づくと涙が止まらなかった。お互いに口に出すことができない。

死体となった母親にすがって泣きじゃくっていた三人の小さな子どもたちの声がした。さらに幼い男の子の亡骸を見て、

「この子、六つ、大丈夫……」

と、うわ言のようにくり返し、走り去った女性。とても若いお母さんのようだった。この小さな三人の子どもと、若いお母さんのこれからの厳しさが察せられ、母も朋代も苦しさに近い悲しさを心の中にひきずりこんでしまった。朋代は自分の体が棒にでもなったように感じた。

突然、向かい風と焼けちぎれた服や布の切れ端が飛んできた。人の気配はない。

「私たちがこうして助かったのは、決して運がよかったわけではないよ。ただの偶然だったということを忘れてはいけないよ。でなければ、亡くなった方たちに申し訳ないからね」

「わかった」

「私はね、ミッションスクールだったのよ。ミッションスクールというのは、キリスト教団体でね。日本のように仏教徒の多い国にキリスト教を広める目的で設立した学校なの。人間を愛することを説く学校だったのよ。英語の先生はミス・メアリというアメリカ人の先生でね、人間を愛しなさいよと言ってらしたよ。でも、アメリカはキリスト教徒が多い国なのに、兵隊でもない女性や子どもをめがけて襲撃するなんて……」

母は憤っていた。思い返すと、これが戦争というものであろう。

父は一旦、一一日に家に帰ることになっていたから、わが家の焼け跡へと二人で歩く。さぞ心配しているであろう。しかし、なかなか家まで辿り着かない。こんなに遠いサチおばさんの家までよく歩いたものだと改めて感じる。

しばらく歩き、向い風の方向が変わってやっと落ち着いて息がつけた。すると友達の恵子ちゃんに気づいた。私が歩み寄ろうとすると母に止められた。恵子ちゃんの様子がおかしいと朋代も感じた。

恵子ちゃんは母親のそばをいつもくっついて手をつないでいた。恵子ちゃんの母親はいつも笑顔で、朋代たちの友達にもやさしかった。その母親は足を投げ出し、ポカンとした顔をして顔が空に向いていた。恵子ちゃんは二メートルぐらい離れたところで母親を見つめている。恵子ちゃんの親戚だという女性が母に声をかけてきた。

「防空壕を掘る土地がないので、戸棚の上に布団を重ねて防空壕代わりにしていたんです。母親が五歳の圭君を抱いて、その脇に恵子ちゃんが座っていてね、圭君の頭に焼夷弾が直撃して亡くなっちゃって……。母親は圭君を抱いて離さずにね、消防士がやっと離して、死体安置所に運んだんですよ。私が連れて帰ろうとしても頑として動かないで、途方にくれているんです……」

恵子ちゃんの誰も寄せつけない、涙も出ていない表情は、長い年月が経とうが朋代の眼から離れてくれない。そして、朋代は涙の出る悲しみや苦しみは序の口で、深い悲しみ、苦しみは涙が一滴も出ないことを知った。

「朋代、そっとしといてあげよう」

「……」

「この先に後片づけをしている男の人たちが見えるでしょう。男手が必要だったら、うちの会社の人ですから、いつでも言ってください。お一人では大変でしょうし」

「ありがとうございます。知り合いが担架を探しに行っていますので、何とかそれに乗せて連れていこうと思ってます。乗せる時に手こずるようでしたら、お言葉に甘えさせていただきます」

母と朋代はわが家の焼け跡へと歩き出していた。

「防空壕が頑丈にできているから、とりあえずは、そこで暮らすことになるだろうよ」

「そうね、お母さんカボチャをとって中に入れておいてよかったわね」

「そうだったね」

工場長が母のところに走ってきた。

「よくぞ、ご無事でした。それで社長が言ってたように、消防車に入ってもらいましたが、何しろ火の勢いがすごかったのと、工場の外壁が木材なのですぐに燃えてしまい、トタン屋根がそのまま機械の上に落ちたので、消防車の水はかかりましたが、なんとか機械だけは助かりました」

「ああ、それはご苦労様でした。主人も喜ぶことでしょう。本当にありがとうございました」

家は焼けてなくなっていたが、これからわが家となる防空壕にやっとの思いで着いた。母が恵子ちゃんの母親のことを工場長に話した。

「悲しいですね……」

「あそこに女の人が立っているでしょ」

「ああ、あの方ですか」

「申し訳けないんですが、その人の親戚が担架を探してくるって出かけられたんだそうですがまだきていないようで、どこかに戸板が残ってないかしら」

「工場の端に一枚焼けずに残っています」

「じゃあ、その戸板で女性を乗せてもらえないかしら」

「そんな悲しいこと黙って見てはいられませんよ、木村君と行ってきます」

「お願いします」

「あそこに手ぶらで帰ってくる女の人が見えますが、やはり担架になるものがなかったのでしょう。二人で行ってきます」

「重いかもしれませんが、気をつけてね」

「なあに、みんな、ろくなもの食べていないから、軽いもんですよ」

終戦末期、ほとんどの男性が徴兵されたが、海軍の監督工場の工員は武器の製造ができなくなると困るので間逃れた。おそらく消防士の人も同じであったろう。

母と朋代は恵子ちゃん親子をぼんやりと見ていた。

「戸板に乗ってくれたみたいだよ」

「そうね、恵子ちゃん、後をついて歩いている……」

「切ないね……」

「もう少しでお昼だから、もらったサツマイモを煮て、工場の人たちと一緒に食べましょう。大きな鉄鍋を防空壕から持ってきておくれ」

母はこの鉄鍋で朋代を守ろうとしたらしいが、重くて持ち歩けなかったらしい。母は七厘の中に焼け残った床下の木材を集めてマッチで火をつけた。母はサツマイモを煮て、少し塩を入れた。調味料は大変貴重な時代である。

工場長と木村さん、恵子ちゃんの親戚の女性が母のところにきた。

「本当に助かりました。途方にくれていたところでした。何とお礼を言っていいかわかりません」

「困った時はお互い様ですから。幸い会社の人がいてくれたので、お役に立ててよかったです」

女性は三人に何度も何度も礼を言って帰った。

「工場長と木村さんには、ご迷惑をかけて本当にすみませんでした」

「とんでもない、もう意識もないような状態で。木村君と二人で、そっと戸板に乗せることができました。口からよだれが流れていて、元の状態に戻れるでしょうか。あの女の子がかわいそうで見ていられませんでした……」

「あのお母さんは朋代の友達のお母さんでね、いつも笑顔で朋代にもやさしくしてもらったんですよ」

母の眼には涙がふくらんで見えた。しかも、十日前に恵子ちゃんのお父さんがレイテ島で戦死し、石が入った骨箱が届いたばかりであった。お悔みに母が恵子ちゃんの家に行ったのはつい数日前のことである。通常、戦地で亡くなった人は遺族に本人の遺骨が送られてきた。しかし、激戦地で戦死した人の骨は本人のものなのか判別できない。そういった場合、軍は現地の石を遺骨の代わりにした。遺骨ではなく、石を届けられた遺族は、感情のやり場に苦しんだことだろう。

「木村さん、あとの三人、工場にいる人呼んできてください。大きなサツマイモをもらったので、煮ておいたから一緒に食べましょう」

「ありがとうございます。みんな腹がすいています」

おいしいものではないが、空腹を満たすだけの食事である。

人間の苦しさは、多種多様な枠の中だ。しかし、ひもじさには枠がない。頭とお腹が直結して気が遠くなる。意識をなくすと頭が働かない。朋代が大人になって、当時のことを振り返ると、自分が臨終に直面したようであった。

その頃、高級軍人の家には米やワイン、菓子まであったという噂が流れた。しかし、当時の人は本気で受け止めた人はいない。いくらなんでも、そんな馬鹿なことはないはずと、日本民族として心の中に入れていた。

工場長を含め、会社関連では合計五人の家が焼けた。組立工場と塗装工場の間に広場があったが、そこに工員全員が入れる大きな防空壕があった。とても頑丈に作っていたので、家が焼けてしまった五人の家族たちは、とりあえずそこで暮らすことになった。井戸があったことが幸いであった。

大東亜戦争下、一九四五年三月九日から一〇日にかけて、アメリカ軍B29爆撃機三四四機による東京への夜間焼夷弾撃が行なわれ、死者約一〇万人、消失戸数約二七万戸、東京の約四〇パーセント、四〇平方キロメートルが焦土と化した。この東京大空襲の一〇万の死者の中には名前が不明な人が多数いるという。

少しずつ自分の家の焼け跡に戻ってくる人たちがいた。防空壕暮らしをする人もいて、井戸水をもらいにくる人が日に日に増えた。

「どうぞいくらでも使ってください。減るものではないので」

どこの防空壕にもバケツくらいはあった。

「ありがたいです。水道が出なくなっているので……」

「さっき聞いたばかりなんですけど、炎に追われて隅田川へ大勢が飛び込んで亡くなったそうです」

「まあ、なんとむごいことでしょう……。さぞ苦しかったことでしょうね……。命を授けられて亡くなった方に申し訳けなく……」

まさか、焼け野原に再び空襲はないだろうとふと考えた。

「隅田川に飛び込んで亡くなった方たちは海に流されてしまって、名前は残ってないわよね」

「そうだね……」

母は朋代に答えた。

当時、国民は上着に氏名、住所、生年月日を書いた布を縫いつけていた。母と朋代が炎に追われながら、B29爆撃機から落とされる焼夷弾をかわして逃げたが、多数の人が亡くなった。遺体は炎に焼かれ、名前も焼かれていたであろう。炎に焼かれたために、東京大空襲で亡くなった人は名前のわからない人が多い所以である。

戦前に父に連れられ、隅田川の花火大会に行ったことが思い出された。「カギヤ」、「タマヤ」というかけ声が響いた。川には屋形船が浮かんでいた。浅草あたりからポンポン蒸気船に乗った覚えもある。母からは、隅田公園がある東岸の堤を隅田堤、昔からの桜の名所だと聞いた。日本の一つの名所であろう、こんな場所が……。

朋代は子ども心にも、隅田川は人の命を海に運ぶものではないと、心の痛さを幻影としてとどめた。大東亜戦争は、この川を人々の悲哀を込めて汚したのだ。


翌日の三月一一日、父が福島から帰ってきた。

「見事になくなったな……」

父の目には以前の姿が浮かんでいたのだろう。

「お帰りなさい、ご苦労さまでした。大変でしたでしょう」

「お父さん、おかえりなさい」

「ただいま、二人が無事でよかったよ。電話は通じないし」

「工場長たちも防空壕で暮らしています」

「そうか、福島で世話になった井上君から、米や野菜をもらってきたので分けてあげなさい」

「そうですね、みんなお腹すかしてますから」

「お父さん、お母さんとカボチャばかり食べてたのよ」

「そうか、朋代の顔が黄色になっちゃうな。朋代、井上君が朋代にと言ってくれたものがあるんだ」

と言って、父は羊羹を取り出した。

「よい菓子店の羊羹は、年数が経つほどおいしくなるんだそうだ。戦前は東京に行くたびに一〇本ずつ買ってきてたと言っていた、これも一〇年経ったものなんだそうだよ。お母さんと一緒に食べなさい」

「お父さん、ありがとう」

「一〇年も経っていて、腐らないものなんでしょうか」

「私は一七年も経ったのをいただいたんだ、おいしいぞ」

朋代はうれしくもあったが、一〇年も経っていたことが気になっていた。

「これからお米と玉ねぎとにんじんを入れてお粥を作るから、食後にいただきましょう」

「私はこれがあるから」

父はリュックサックからワインの空瓶に入ったドブロクを出した。

「井上君が作ったものだ」

「よく検閲にひっかかりませんでしたね」

当時は闇屋と言って、無断で米や野菜を商いにしている人がいた。検閲にひっかかれば取り上げられてしまう。朋代は取り上げられた品物の行方が気になっていた。

「さすがに、ドブロクを作ることは禁じられているから、羊羹と一緒にセーターにくるんで、服を被せてジャガイモ、ニンジン、米を少し玉ねぎなどをたくさん入れて隠していたんだ。いざとなれば、海軍監督工場の入っている名刺を出して、友人からもらったものだと正直に言えば闇屋でないことがわかるだろうからね」

と、父は言った。

「防空壕から茶碗を出してくれ、工場のみんなとドブロクを飲むから」

母は茶碗を出して父に渡した。そして焼け野原から薪になりそうなものを集めてきた。

一時間ほどで父が茶碗を持って戻ってきた。

「何年ぶりかの酒だと言って、五人とも喜んでいたよ」

「そうでしょうね。本当によかったです。ちょうどお粥が煮えたところですから、いただきましょう」

土の上にご座を敷いてお粥を食べる。お粥でも特に水分が多くしてあるから、お腹いっぱいになった。しかし、水分でお腹が膨らむだけで、すぐに空腹が襲いかかってくる。

三月の午後五時はうす暗くなっていた。

満月の明かりが今夜の空襲はないという、心のゆとりで美しく感じた。満月のあかりの中、一〇年も経っているという羊羹を薄く切って母と食べた。甘さを思い出したように、お腹が久しぶりだねと言っているような気がする。

「おいしいわね、お母さん」

「おいしいね。開戦当時はまだお菓子があったけど、三年ぐらいになるかしら、甘い物が食べられなくなったのは。でも、ずっと前から食べられなくなった気がしますね」

「そうだな、私だって酒が飲めなくなって同じだよ。それはそうと、工場の人たちに話をしてきたけれど、明後日に福島に行くよ。でも、機械が残っているから、工場長だけは残ってもらう」

「住まうところはあるんですか」

「移転費用は海軍省から出るから、預金で一町三段（約三九〇〇坪）の畑を買ったんだ。畑の脇に工場と、私たちの小さな家を建ててもらうように大工を紹介してもらって、もう頼んである。私たちは家ができるまで、井上君の家の離れ家を貸してもらう手はずだ」

「工場の家族の人たちはどうするんです」

「空家を借りたり、間借しをしてくれる人がいるので、すべて解決だよ」

「でも、畑をそんなに買ってどうするんですか」

「そこだよ、都会は色々な地方から集まっているから感じないけれど、地方は先祖代々同じ場所に住んでいるから、東京の人間はよそ者で、食べ物はかんたんには分けてもらえないだろ。だから、女性たちで畑を耕して野菜を作るんだよ」

「そうですね、私やりますよ」

「やり方は井上君の奥さんが教えてくれるそうだ」

　井上さんは父より三歳若く、昭和一二年に勃発した支那事変の時に召集された兵隊仲間であった。井上さんが東京にきた時は、わが家に必ず泊まった。声の大きなおじさんである。

「井上さんとはずいぶん長いお付き合いですね。私たちの結婚式にもきてくださいました」

「そうだったなあ」

　父は考え深めに言った。

「友人というものはありがたいものだ。彼は豪放磊落《ごうほうらいらく》で声が大きいこともそこからきているんだろう」

「そうですね。井上さんの声を聞いていると、どんなことでも順調にいくような気がします」

「それは彼が人を大切にするからだよ。今回のことも、井上君が頼んで多くの人に動いてもらったからだ。どんなに感謝してもしきれないくらいの力をもらったよ」

「あなたは幸せな方です。私は信頼できる人と言えば、五年間寝食をともにした従妹の千代さんくらいです」

「そうだなあ、戦争になる前はよく二人で歌舞伎に行っていたよな。資産家に嫁いで幸せそうだったな」

「子どもがいないことがかわいそうなんですけどね。あの当時は、新しい着物を着て歌舞伎に行くことが流行《はやり》で、よく実家の母に着物を買ってもらいました」

「今考えれば、夢のような時代だったんだな」

「まさか、こんな時になるとは……」

父と母が話しをしている姿を朋代は耳のどこかに入れながら、半分ぼんやりしていた。

「そろそろ防空壕に入って寝よう」

朋代たちは防空壕に入った。母が敷いてくれた布団は二枚だ。ここに三人で寝る。今までは空襲警報のたびに、この中でうずくまっていたのだ。窮屈さも特別感じないで、互いの体温で毛布と掛布団二枚で寒さがしのげた。工場の方の防空壕も広いので、焼ける前に布団をそれぞれ入れていた。

疎開

東京大空襲から二日後。

「家の防空壕に七厘や食器、庭で採れたカボチャがたくさん入っているから、何とかそれで過ごしてください。寝る際には工場の防空壕の方が楽でしょう。手配はしてあるんですけどね、

これだけの機械を運ぶには大型トラックが七台ほどないと無理でしょうから。食糧は福島から
か運ばせますので、よろしくお願いします」
「わかりました、ご心配なく」
父と工場長との会話があって、福島行きは一団となり、顔色はみんな木の葉に近ほど青く無
表情だった。焼け野原から知らない土地に向う不安をかり立てられていた。
上野駅の中は、打ちのめされるような雑踏だった。無表情のまま、後ろから圧される力で足
が動いていた。工場で働く人たちは一〇〇人ほどいたが、四八人分しか切符が買えなかったと
いう。残りの人は、焼け残った親類の家に行ってもらうか、縁故疎開をしてもらった。
ぎゅうぎゅうづめの東北本線に乗った。父は大きなリュックサックを通路に置き、朋代を腰
かけさせた。途中、どこの駅に着いたかもわからない。いつの間にか朋代は寝てしまった。
「朋代、福島に着くよ。起きなさい」
福島の先の仙台、盛岡、八戸、青森に行く人が多かったのか、福島駅で降りた人はそれほど
多くなかった。
ひとまず、これからお世話になる井上のおじさんの家に行った。さすがは庄屋の家だけあっ
て庭も広いし、家も大きい。若い頃からこの庄屋で働いているという三人のおじいさんたちが
手分けをして、私たちを空家や納屋、間借に案内してくれた。
空家は広いので三家族が入れるように、父が割りふっていた。それぞれが防空壕に入れてお

いた七厘や茶碗、汁椀など持ってきている。米はないが、芋や野菜を父が手配していて、それぞれ分配していた。

父と母と朋代は、庄屋の離れ家に落ちついた。父が井上家を往復するたびに、布団や衣類、食器などをチッキ（鉄道による手荷物輸送）を使って近くの国鉄の駅から駅へと運ばれた。最寄り駅まで持って行き、最寄りの駅まで取りに行かねばならない。現在のように宅配便のない時代である。ちなみに、一九八六年にチッキは廃止された。

父が持ってきた七厘に母が井上さんから買ってもらった炭に付木《つけぎ》（スギやヒノキの薄片の一端に硫黄を塗りつけたもの）で火を起こした。東京ではガスに火をつければかんたんに煮たり、焼いたりできていた。しかし、ガスも戦争体制が強まるにつれ、様々な規制がしかれ、軍隊が優先されるようになっていた。鉄鋼などの資材も軍隊が優先し、ガスタンクやガス管など、ガスの設備に使う鉄鋼を手に入れることがとても難しくなっていた時代であった。

七厘の火を見ながら、焼け野原の地平線が心の中から出てきた。死者一〇万人という東京大空襲の真っ只中、心が凍える場面を見てしまった朋代である。自ら飛び降りることもできずに死ぬまで抱え込まねばならない。

福島へ疎開してから約三週間が経った。朋代の転校届けの手続きは父が済ませており、明日から学校に行く。外はまだ雪が残っていた。

翌朝、学校に行く時、井上のおじさんが荒縄を長靴にきつく縛ってくれた。

「こうして雪道を歩けば滑らないから、気をつけていってらっしゃい」

「ありがとうございます。行ってまいります」

朋代のランドセルは牛皮ではない。牛皮が世の中に出回っていないので豚皮だった。クラスは女組、男組と分けられていて東京と同じである。「男女席を同住せず」の時代だ。当たり前のように受け止めていたが、馬鹿馬鹿しい言葉である。

井上のおじさんの家の近くに縁故疎開している女の子がいた。おじさんが朋代を学校まで一緒に連れていってくれるように頼んでいてくれた。

「朋代ちゃん、学校に行きましょう」

「ありがとう、私、池原朋代と言います。よろしくね」

「私、田口則子です、二年ぐらい前にお母さんの実家に疎開してきたのよ。ここの子たちはみんな着物にモンペ（袴の形をして足首のくくれている股引に似た衣服）なのよ。教科書は風呂敷に包んで斜めに背負ってくるの。朋代ちゃんともう一人、東京から疎開してきた子がいるんだけれど、洋服は朋代ちゃんとその子、私の三人だけだわ。普段着の着物を持っていないから、ランドセルが目立っちゃうの。その子と私はお母さんに手提げ袋を作ってもらって、教科書をこうやって持ってるの」

と言って、則子ちゃんは布の袋を見せてくれた。

「私もお母さんに作ってもらうわ」

「その方がいいと思うわ」

女組、ひとクラスで六〇名も在籍していたところへ朋代を加えて六一名になった。担任の先生はとても美しい女の先生だった。

「今日から一緒に勉強する池原朋代さんです。仲良くしてください」

この先生は国語の時間によく作文を書かせた。朋代は作文を書くのが好きだった。小学五年生の朋代の頭の中は、東京大空襲の惨劇のことでいっぱいいっぱいであった。

作文は母親が焼夷弾の直撃にあい死亡、三人の子どもが母親にすがりついて泣きわめいていたことを中心にして書いた。さらに、子どもに焼夷弾が直撃して「この子六つ、大丈夫」を譫言《うわごと》のよう繰り返しながら亡くなった子どもを抱きしめ、ひたすら走っていた若いお母さんを中心にして書いたもの。友達の恵子ちゃんのお母さんのが心壊れてしまったもの。この作文を書いた後、先生はクラスメートの前で「朋代さん、空襲のことばかり書かないの。もっと別のことを書きなさい」と言った。朋代の心は大いに傷ついた。小学五年生の子どもの心は苦汁でも飲んだように体が震えた。

「空襲で大変な経験をしましたね。福島の郊外にきたんだから、空襲のことは大人になるまで忘れて、山や川、トンボやチョウチョ、この学校でできた友達のことなどを書いてください」

振り返ると、このような総括にしてくれてもよかったのではないかと思う。朋代の心はこの先生の存在をしっかり心に入れ込み、大人になって仕事に就いた際に反面教師となった。

朋代の作文をクラスメートの前で読ませ、空襲の悲惨さを知らしめることがあってもよいはずだと考えられるが、この時代の教育現場に軍部が入り込み、その締めつけは極めて厳しかったことも事実だ。おそらくそういったことは、無理だったのかもしれない。

東京の学校は六クラスあったが、学童疎開（都市部の子どもを農村部などへ疎開）や縁故疎開といって家族単位で疎開した人たち、親子離れ離れになった人たちなど様々だ。だから、東京の学校の生徒数は減っていき、朋代が通っていた学校はひとクラスになっていた。

ある朝、学童疎開先の長野から用事で帰ってきた先生が教室に入ってきた。授業が始まる前のことだ。自分が担任していた生徒だけに紙包みを手渡していた。

「はい、これが長野のお土産よ、元気だった？」

朋代はその土産がほしかったわけではない。しかし、無性にさみしさが重く押しかかってきたことが忘れられない。自分が担当していた生徒だけに土産を買ってきたことに不満を持ったわけではないのだ。渡す方法はいくらでもあったであろう。他の職員に預けて内密にと言っておけばよいではないか。いくら子どもでも、さみしさを味わう心はある。後日、再び作文を批評された朋代は、その時のことが心に浮かんだ。

これらのことにより、朋代は作文をなかなか書くことができなくなった。爆弾が落下してくる時の強烈な音が耳にこびりついて離れない。残酷な世界をあまりにも見過ぎてしまった。心がいっぱいいっぱいで、そこから抜け出せなくなっていた。

四月も半ばを過ぎると日差しが軟らかい。昼休みになると女の子たちは数人並んで髪の毛にシラミが生みつけた二ミリほどの白い卵を潰していく。東京から疎開していた子どもはシラミはなかったが、すぐにうつって朋代の髪の毛にもたくさんついてしまった。男の子は丸坊主にされていたからその心配はない。

朋代は苦手となった作文の時間に、近所の農家の和子ちゃんのことを書いた。

農家の出入口は土間になっている。和子ちゃんが納屋から米一俵を担いで土間に持って行く姿を見て驚いた。一俵は約六〇キログラムはある。朋代は食べ物を満足に食べていない骨と皮だ。朋代が担いだら潰れてしまうだろう。和子ちゃんはいつも親の仕事をしている。朋代はそのことに感動した。和子ちゃんはえらいと心の底から感じた。そのことを含めて作文に書いた。それでも、原稿用紙一枚にも満たないほどうまく書けなかった。

福島に空襲がなかったわけではない。飛行場もやられたし、他のところもやられたと言うが、朋代の疎開したところは市の郊外で心からほっとできた。それでもいつ空襲があってもおかしくはないという考えは消えない。いつも着の身着のままで、寝巻に着替えたことはない。

夏の暑い盛りのことだった。米は井上のおじさんは一一人もの男性を雇って米を作っていた。四町五段（約一七五〇〇坪）という大きな田んぼで、雇われていた男性はみんな親の代からの人でおじいさんだ。しかし、年齢のおかげで兵隊にとられることなくお米が作れていた。米の多くを軍部に供出させられたが、一部分はうまくして残してあるので、そこから分けてもらい、わが家は毎日お米が食べられるようになった。

朋代の弁当にも米が入っていた。夏のある日、母は玉葱を薄く切って炒め、玉子をからめたおかずを入れてくれた。しかし、おかずの油で気分が悪くなったため、お弁当を半分残した。

「朋代さん、農家の方々が苦労して作ってくれたご飯を残すとは何事ですか、全部食べなさい」

朋代は仕方なしに食べた。さらに気持が悪くなり、お弁当箱に全部吐いてしまった。

「朋代さん、吐くなんて、何てもったいないことを」

担任の先生の言葉である。あくる日から弁当のおかずはタクアンだけにしてもらった。

戦況はますます厳しくなって、勉強どころではなくなった。毎日荒地の開墾である。農家の人が野菜を作るための畑作りである。

五年生の三月から時が過ぎ、朋代が六年生なったある日、朝礼の後、校長先生から、

「六年生は今日は山に登って、松の根から油を取ります。根を掘って置いてあるので、それを背負ってきてください。一〇回やったら家に帰ってもよいこととします」

朋代は山に登ったことがない。ましてや、重い根を背負って下りることができるか心配になってきた。朋代の他に六年の女の子で二人ほど疎開者がいたが、二人とも母親の実家なので、夏になると山に登っていたというから、全員昼までは終わっていた。昼は木の陰で一人で漬物を

かじりった。食べるとすぐに山に登る。先生が手首に松根を降ろすたびにスタンプを押す。朋代はまだ四つしか押されていない。背負いながら歩くことができない。だからお尻ですべり降りるしかなかった。歩いて下るのであれば切株をよけたり、からみついた藪もよけられるのだが、お尻ですべり下りるのはかなり大変だ。

「早くしなさい。朋代さんが終わらないから、私も帰れないじゃない」

担任の邪険な激が飛ぶ。栄養失調だった骨に皮がついているような手首に、やっと一〇回分のスタンプが押された。

「もう夕方よ、六時を過ぎてるのよ」

朋代はしげしげと担任の顔を見た。

翌日、高熱を出して学校を休んだ。朋代は以来、平等とは何かを考え続けた。平等を考えるたびに朋代の目から火が出るような力と、いやな音を立てた頬がひりひり痛む。平等の答えがいつまでたっても出てこない。

「お母さん、和子ちゃんは六年生なのに、お米一俵担ぐのよ、すごいわね」

「そうだね、農家の子で小さい頃からお手伝いをしているからだろうよ」

「だから、松根を山から運ぶのが早いんだ」

松根から油をとらねばならないほど、軍部は追い詰められていたのであろう。自由産業が許されなくなり、釣竿屋まで旗竿屋にさせられた。かつて、父の会社は主にフランスに輸出していた。同じように輸出をしていた会社はたくさんあったはずだ。

「外貨、つま外国のお金が入らなければ国の経済は成り立たないんだよ。朝鮮半島や台湾、満州を日本の占領地としてきただろう。でも、軍部は朝鮮や台湾、満州の人々を豊かにしてきたわけではないんだよ」

「そうなんだ。私、朝鮮の人を馬鹿にしているのを見たことがあるわ」

「そうだろう、人間はみんな同じだ、大切にな」

「私が小さい時、お父さんのところへ背の高いおじさんがきていたでしょう。そのおじさんとたった一度だけお話しをしたことがあったの。人を大切にしなさいって。そのおじさんとお話したのは、たった一回きりだったけれど、よく覚えているわ」

「そうか、朋代はあのおじさんとお話をしたことがあったのか、よかったね」

父は、しみじみとした語り口だった。

大工さんなど若い人は徴兵されていたので、おじいさんばかりだった。父が依頼している工場建設に時間がかかっている。材料もままならない時代だ。トタン板も手に入らないので、杉皮を何枚も重ねて屋根にすることにしていた。しかし、工場が広いので杉皮を集めるだけでも大変だったようだ。東京の工場の焼け跡は消防車が入ってくれたので、機械の上にトタン屋根が乗っている。この工場ができるまで機械を運べない。会社の人や家族は畑を耕し、余念がなかった。

それでも、井上のおじさんのところで雇っているおじいさんに教えてもらって食料を作り、井上のおじさんからはお米をわけてもらい、何とか食べ物は口に入ることができた。東京に残っている工場長は、今もって機械の番人として防空壕暮しを続けている。工場長の奥さんが時々、米を布に入れてお腹に巻き、野菜類は手提げ袋に入れて東京まで通ってきていた。


「朋代、お母さんは明日、軽井沢の家に行ってくるからね」

「何かあるの」

「軽井沢に避難させておいた指輪を全部、軍に出さなければいけないんですって」

「指輪を何に使うの」

「金や宝石を軍がお金にするんじゃないのかな……。だけど、泊まらないで帰ってくるよ」

朋代は叔母の顔を浮かべざるを得なかった。朋代は以前、叔母と同居していた。その際に受けた数々の屈辱から、戦争並みに忌み嫌う感情を持っていた。朋代は反射的に父が読んでいた新聞紙をビリビリと裂いていた。

翌日の夕方、母から電話がかかってきた。

「朋代、お父さんは」

「出かけているわよ」

「じゃあ、お父さんが帰ってきたら伝えてちょうだい。汽車の乗換えに手間取っちゃって家まで帰れないから、兜町（東京都中央区）のおばあちゃんのところへ泊るわ。明日の朝、上野駅から帰るって言ってね」

母の実家は東京大空襲の難を逃れて家がある。母が叔母の何とも言い難いものを背負って帰ってくるのかと心配していたが、おばあちゃんの顔を見て、吹き飛ばして帰ってきてほしいと願った。

外に出ると日が暮れ始めていた。山の端に沿って赤い雲、その後に赤味が少しかかった灰色の雲、色々な形を残しながら走っていった。山がやっと朋代に空を見ることをさせた。

台所を覗くと、どう転んでも不愛想なカボチャがあった。朋代はまな板にカボチャを乗せてみた。悪戦苦闘の末に切り終えて、水に少しだけ塩を入れて鍋に入れた。七厘を外に出し、山から拾ってきた小枝にマッチで火をつけて炭を入れる。炭に火がついた頃を見計らい鍋を乗せる。残りは母がぬか床に漬けていたダイコンとキュウリを切ればよい。父の酒のつまみになるからだ。八月に入ったばかりだ。蝉が鳴いている。朋代は梅干しを出した。七厘の炭にはバケツに水を入れて消す。炭は乾して再度使う。

父が井上のおじさんに分けてもらったのだろう、酒瓶を持って帰ってきた。朋代は母の伝言を伝えた。

「日帰りでは無理だったか。ちゃぶ台にカボチャの煮つけがあるなあ、朋代が作ったのか」

「そう、カボチャが食べてよ、って言ってるみたいに転がってたから煮たのよ。火の始末はちゃんとしておいたから。今、ぬか漬けを切ってくる」

「朋代もお母さんの代わりができるようになったんだね」

「お母さんの作っているのを見ていたから、その真似をしたんだけれど、お母さんみたいにちゃんと切れなかったわ」

「それでいいんだよ。煮ることができただけでも、たいしたもんだ」

「そうかしら」

「そうだよ」

酒の燗をつけるために、七厘に火を起こしてヤカンで湯を沸かしていた。父は夏でも燗酒であった。

井上のおじさんからお米を分けてもらえるから、おかずは梅干し、漬物だけで充分に空腹を回避できた。東京にいた頃を思い出すだけでぞっとする。配給はわずかばかりの米だ。その後、乾燥バナナすらも海軍省から送られてこなくなった。農家で野菜と交換した母の着物もなくなってきた。庭に大きい防空壕を作ったので、カボチャを植えるところもなくなっていた。

飢えほど苦しいものはない。朋代はタンポポの葉をたくさん摘んできた。食べられると聞いたからだ。タンポポは何度も水を変えて茹でても強い苦みはなくならないので大変だった。茹で上がったたんぽぽを細かく刻んでのどに通るくらいに丸める。これも飢えをしのぐ一つの方法だった。朋代が老女になった頃、若者にこのことを話したことがある。

「タンポポの葉を一枚ずつ天ぷらにする店があるんです。おいしいですよ。少しほろ苦い苦味があって」

若者は言った。

「そうして食べたらおいしいでしょうね」

朋代は言葉を切った。おいしい食べ物があふれている昨今、朋代の幼少時代のことの多くは通じない。同時に、若者たちに朋代のような経験を味わせてはならない願いが強くある。

当時の私たちには知らされていなかったが、一九四五年四月、アメリカ軍は沖縄本島に上陸した。激戦の後、六月二三日に日本軍の抵抗が終わった。数十万人が死亡したという。沖縄で亡くなられた方の名は石碑に刻まれている。東京大空襲について亡くなった方は身内ではわかっているであろう。しかし、戸籍上では残っているのであろうか。

「お母さん、今日も荒地の開墾で勉強はないのよ。家から鍬《くわ》をかついで耕すの」

「六年生なんだから、来年は女学校受験なのに勉強しないで大丈夫かしら」

母が不安げに言った。

「このままでいたら、勉強どころじゃないだろう」

父は遠くを見ながら呟いた。

一九四五年八月六日、広島に原子爆弾が投下され、相次いで九日に長崎にも投下された。巨大なきのこ雲が上がり、大多数の死者、傷害者が出た。さすがに軍部のトップも白旗をあげざるを得なくなった。昭和天皇の敗戦の意を国民に伝える録音をしたが、それを阻止しようとする将校がいて、大変だったようだ。

八月一五日の朝、学校へ行くと、校長先生が朝礼で厳しい顔をしていた。

「本日の昼に、天皇陛下様の大切なお話が正午にあるので、一一時まで開墾をしてすぐ学校に帰ってくるように」

開墾するところは学校に近かったので、ぎりぎりまで土を耕して帰ってきた。私たちは校庭で弁当も食べずに待った。

校庭には台の上に置かれたラジオのまわりに集まった。校長先生が一二時五分ぐらい前に玉音放送が始まるので、直立して頭を下げて聞くようにと指示をした。

陛下の話は子どもたちにはよくわからなかった。しかし、男の先生が、

「日本が負けた、負けたんだ……」

と言って泣いていた。続いて泣き出す先生が多く続いた。朋代は心の中で勝ち負けなど、どっかに飛んでいた。やっとB29がこない、寝巻きに着替えて寝ることができると直感した。父はいつも、この戦いは負けると言っていた。それでも負けて落ち込んでいたらどうしようと、それだけが心配であった。

「ただいま」

恐る恐る家に入る。意外にも父は元気であった。

「軍人が総理大臣になって国を動かした結果がこれだ。天皇陛下を祭り上げて利用したことがトップにいた軍人たちだ」

「そうね、天皇陛下がお通りになる時、道に正座させられて、下を向き、姿を見てはならない。目がつぶれると先生に言われたわ。紀元節や天長節（天皇誕生の祝日）があって、どこの学校の校庭にも天皇、皇后の写真が収められている建物があるの。校長先生がうやうやしく捧げ持って、生徒に敬礼させて君が代斉唱だったのよ」

「目がつぶれると言われていたのか、驚いたものだな」

父はあきれ顔で言った。

「そうだな、若者たちは戦場に駆り出され、戦死する時には天皇陛下万歳と言ってから死ねと命令されていたそうだからな。実際のところは、『お母さん』だったと、密かに聞いたことがあったよ」

政治は権力の活動だが、それが真理になることに対して嫌悪があった。そしてこの戦争で目覚めさせられた。朋代が大人になり、権力が正義であり、服従を要求されることへの拒否感が心を深く傷つけていたと振り返った。

戦後、ある新聞記者が昭和天皇に「広島の原爆投下の後を御覧になられてどう思われますか」

と、問うと「仕方がない」と仰せられた。この言葉は、拝顔したら目がつぶれるとまで言われた天皇の言葉である。この言葉は、朋代が死を迎えるまでこびりついて離れないであろう。

終戦後、半月ほど経った頃である。父は畑に作物を作りに行こうとする母を呼んだ。父は戦前医療器械をA社という商社を通してフランスに輸出していた。その会社にフランス語の堪能な日本人がいた。その人は現地に在住しており、地元の女性と結婚してフランス国籍を取った。長井さんという。

「フランスの長井さんに電話をしたら、どしどし新製品を開発してほしいということだった」

「そうですか」

「大工さんたちが出征していて、高齢の大工さんでは捗らなかったが、やっと工場ができあがった。でも、機械を運べなかったので、東京に帰ろう」

「ああ、それはよかったです。特許や実用新案権の器械もたくさんあるんですもの」

「それで井上君にこの福島の畑の一丁を買ってもらうことにした。今は東京に戻って一番心配することは食糧だ。今、我々が住んでいる家と三段の畑をお手伝いの飯田さんの名儀にしてあげて、米は井上君のところから買い、サツマイモ、ジャガイモ、カボチャは米といっしょにチッキで駅まで取りに行ってもらえばよいだろう。軽い野菜は飯田さん（お手伝いさん）に持ってきてもらおう。米や野菜は工員の家族や我々が買えばいい。そうすれば飯田さんの生計も立つだろうし」

「そうですねえ、飯田さんも若くして両親に亡くなられ、二人いたお兄さんも戦死し、結婚した人も戦死してしまって子どももいないし」

「うちにきて、寄宿舎の人の世話を始めたのは一七歳でしたよね」

「長い間、若者の世話をしてくれたんだからこれぐらいのことをしなければな」

「ええ、もちろんです」

「畑の脇に建て上がった工場は、井上君の紹介で製材工場に売ることにしたよ。東京に昔のような宿舎は建てるつもりもないし。それから、井上君から聞いたところによると、女学校や男性の旧制中学五年生というのがなくなるらしい。新制中学と言って小学六年生を卒業すると、三年間義務教育になって、それから高校、大学になるそうだ」


一九四七年（昭和二二）四月に新制中学、高校となった。朋代は女学校に入学し、学校編成変により高校卒となった。同じ学校に六年間いたことになる。現在の中高一貫の学校と同じになった。

会社の人々とその家族、わが家の家族の食糧を井上のおじさんと飯田さんに託して、約一年振りに東京に帰ってきた。運よくわが家や工場を建ててくれた大工さんが戦地から無事帰ってきた。相継いで瓦職人などの屋根職たちも帰国している。木材も軍に提供することなく充分あるという。家ができるまで父の姉の家に住まわせてもらった。

「今、食糧難の時代で、東京に帰る人が少なくなって地価がずいぶんと下がっている。だから地続きで、土地持ちの人が借家を建てて貸していたところばかりだから、その焼け跡の土地を三〇〇坪買おうと考えている、どうだろうか」

「そうですねえ、海軍省にはずいぶん儲けさせてもらいましたものねえ」

「そうだな、だいぶ貯金もたまっているし。会社の運営資金として東京が復興すれば、土地も上がる。運営資金は多ければ多いほどよいし」

「運営資金があれば、安心していられますものね」

「軍は馬鹿なことをしたものだ。開戦されるとすぐ自由産業を取り締まり、軍事産業だけにしてしまった。釣竿屋まで旗竿屋にしてしまし、その釣竿屋まで軍の管轄になって、大変儲けたそうだよ、朋代もよく覚えておくんだよ」

「どうして旗竿屋にすると儲けられるの?」

「日本は占領地を増やしただろう。そこにたくさんの日の丸を立てたからだよ」

「よく覚えておくわ。食べ物を買うのにお金が使えなくなって、お母さんの着物がなくなったじゃない」

「そうだね、上等な着物は軽井沢に疎開させておいてよかったよ。それはそうとお父さん、私たち女性から集められたの指輪はどうなったんでしょうか。朋代が大学卒業したら、ルビーの指輪をあげようとしていたのに」

「お母さんの指輪きれいだったもの」

「軍から指輪を徴収されたのは、終戦少し前でしたよね。ほとんどの人々が軍のためということで正直に提供したのに……」

「日本中から集めた指輪だ、すごい量の指輪だったろう」

このやりとりを朋代は大人になって思い出す。おそらく終戦直後、それらが国庫のものとはならなかったであろう。

戦後、テレビが普及し、時代劇が放映されると時々出てくる一場面がある。悪徳代官と悪徳商人の会話に「お主も悪よのう」という場面だ。上位の悪徳軍人たちが、布袋にジャラジャラ音をたてながら指輪を入れて、「お主も悪よのう」と自分たちの懐に入れていたかもしれない。

しかし、多く人々が飢えに苦しみぬいた時代、上位の軍人の家には米はもちろん、ワインや菓子類まであったことは事実だったということである。このようなことは隠していても様々なところから噂となり、情報となって漏れるものだ。

2章　つめ跡

先の大戦後、日本を占領した連合国の軍隊が入ってきた。その総司令部として「ＧＨＱ」なるものが創設された。日本降伏後、アメリカ軍人の元帥マッカーサーが連合国軍最高司令官として日本占領政策を推進し、戦後改革を行なった。主に爵位を全廃、昭和天皇の兄弟である、秩父宮、高松宮、三笠宮の三家を残して、他の宮家は全廃させた。これから立ち直りを図る国家財政にとって必要不可欠なことであろう。

「財政難の日本にとって、天皇を拝顔したら目がつぶれるなどという、ばかばかしいことを言っていたのだから当然だろう。宮家が少なくなることで国民の心が癒されるだろう」

「お父さん、この間、新聞に載っていましたけど、一一もの宮家がなくなったんですねえ」

両親の会話を朋代は聞いた。終戦の翌年、朋代は女学校に入学した。六〇名もいたクラス（小学校）から、旧制中学や女学校へ入学したのはクラスで五名であった。さらに大学へ進学する生徒は本当に僅かであった。二〇二〇年時の大学進学率は五〇％を超えたが、とにかく日本は疲弊しきっていた。

「この間、井上君から電話があり、小作人に土地を貸していた人は、すべて土地は小作人の人の名義になったそうだ。これもＧＨＱの改革の一つだろう。井上君のところは、雇人と井上君と奥さんで米作りをしていたので、土地はなくならなくてよかったと言っていたよ」

「そうですか、それは本当によかったです。庄屋の奥さんなのに、よく働く方でしたね」

朋代の母も布団屋で古くなった綿を打ち直してもらって布団を作ったり、着物の縫い直しをしたり、朋代のセーターを編んだりと本当によく働いていた。

ＧＨＱはよき改革をしてくれたものだ。小作人の人たちの大部分は、働いても働いても生活は貧しかったと、朋代は父から聞かされていた。この改革で平等ということを少しは日本人の心に根づかせたのではなかろうか。

「自由にものごとが言えるようになったのは、本当によかった。戦争に負けてよかったんだよ朋代。あなたが小さい頃、背の高いおじさんが家にきていたことを覚えているか。一度お話をしたことがあるって言っていたね。あのおじさんは尊厳の大切さを求めて、発言の自由を求める活動をしていて、特高警察に捕まったんだ……」

「えっ……」

「投獄されても意見を変えないでいたんだ。でもね、ひどい拷問を受けて亡くなったんだよ……。東京大学を優秀な成績で卒業して、大手の会社に入社したんだ。うちの会社の小型モーターを設計してくれたのもおじさんだった。人間として、人を大切にする、あんなにすばらしい人はいなかった……」

「たった一回だけなのよ、そのおじさんが私に話しかけてくれたの。その後の日曜日、おじさんがきそうな時に庭で待っていたんだけれども……」

「モーターの設計が終った時だったんだね」

父は遠くを見るようにしながら言った。その時の父の顔の厳しさと淋しさが交じり合ったような表情は、朋代にとって忘れられないものとなった。

「日本が調印した降伏文書（ポツダム宣言）の内容の中にはね、基本的人権、特に信教、集会、言論、出版の自由を尊重して増大するように奨励されるとして、警察組織を適合させるため速やかな改革が明記されていたんだよ。しかし、占領軍の意向を特効警察は無視し続けたんだ。まったく軽蔑するしかない」

「そうだったの。でも、日本は民主主義の国に降伏したんでしょ」

「民主主義だなんて、よく知っているな」

「いつもお父さんの話を聞いていたら、何となくわかってきたわよ」

「ほう、朋代はすごいな。降伏に調印した一九四五年の九月二六日に哲学者の三木清という人が拘置所で獄死したんで、戦時中からの抑圧的取締りが続いていることがわかったんだよ」

「ひどい……」

「そうだ。その上、山崎内相はロイター通信の特派員に『思想取り締まりの秘密警察は現在も活動を続けている』と、言ったんだ」

「人間を大切にしていないということがよくわかるわ」

「拘置所に入るのは殺人、窃盗、暴力なんかだろう。言葉で人を傷つけること以外は、人々の思想は自分の心に合うかどうかは別にして、尊重しなければいけないものだと心に決めている。私の友達の太田君はキリスト教徒だが、私の母親、つまり朋代のおばあちゃんが亡くなった時、仏教徒と同じように祈りを捧げてくれたんだ。これが宗教の自由だろう」

朋代は静かに父の発言を聞いている。

「GHQは日本政府に対して、忘れもしない一〇月四日、民主改革の意志がないとみて日本政府に『政治的、公民的、宗教的自由に対する製限の除去の件』などを含む『人権指令』を突きつけたんだ。これで日本政府は治安維持法、一切の弾圧諸法令の廃止、政治犯の即時釈放や特高警察官の罷免をすぐ実施せざるを得なくなったんだよ。同時に東久邇宮《ひがしくにのみや》内閣は退陣することになったんだ。降伏してからも、しぶとく国家権力を手放すことができなかったんだな。もっと早く降伏していてくれたら、背の高いおじさんも獄死することもなく、広島、長崎の原爆投下もなかった。沖縄への敵前上陸も、東京大空襲もなかったはずなんだ。国を動かす人間が早く白旗を上げて、民を救う心を持つべきだがね」

「だって、私たち国民の多くが飢えに苦しんでいるのに豊かな食生活をしていたんだから」

父の言うすべてのことは理解できないながらも、朋代は素直な流露とはかけ離れた集団が、なぜ軍部のトップだったのだろうと、怒りの塊を心にこすりつけた。

「朋代が生れて五年ほど経たった頃に、中西三洋が治安維持法で検挙され、神田の錦町警察署で特高の拷問にかけられた記録を友人から見せてもらったことがあるんだ。私はそれをノートに写して書いてある、読んでごらん」

父が一冊のノートを見せてくれた。ノートには次のようなことが記載されていた。

特高の取り調べの筋書きは、「お前はこういうことをやったろう！」と勝手な罪状を示し、「知らない」、「やっていない」と言うと、「この野郎、特高をなめるのか！」と脅しにかかる。それでも口を割らないと拷問が始まります。こうした事件のデッチ上げ作業が拷問の始まりなのです。

最初、特高は私を椅子に腰かけさせたまま後ろ手に手錠をはめ、「お前のような者は殺してもよいのだ！」と怒気荒くわめき、下っ端の係に「ヤレ！」と叫びました。この合図で竹刀を持った二人の係が左右に分かれ、腿を滅多打ちにしました。二〇分ぐらいは打たれるたびに、背筋から頭にズンと痛みが走りますが、それから腿が腫れ上がり、感覚がマヒして痛みが少なくなりました。だんだん腫れがひどくなりましたが、それでも殴るのを止めません。

私は拷問する警官の額の汗を見ていました。「立て！」と言われましたが、立って歩くことができません。警官に両脇をかかえられて留置場に放り込まれました。腿が内出血で青黒く腫れ上がり、竹刀で殴った場所が線状に皮膚が裂けて出血していました。私は一週間ほど一人で便所に行くことができず、留置人の肩を借りて通いました。

特高は「お前のように強情なヤツはいない」と悪たれをつきながら、指の間に鉛筆を挟んで締め上げました。これも痛い拷問です。さらに、足首に紐を結び天井から吊り下げ、鼻から水を入れる。これは準備がものものしく、今にも殺さんばかりの迫力のあるものでした。鼻から水を入れられると、私は気を失いました。留置場で気がついて、ああ、生きていたという喜びと特高警察に対する憤りで胸が熱くなりました。

いつの日か、俺たちがこの野郎どもを裁いてやる。大資本、大地主の搾取に反対し、戦争に反対し、民主的な社会を作ることがなぜいけないのだ。日本も世界もその方向に確実に前進している。反動の嵐は今は強く見えても必ず崩壊する。二〇歳の私は、天皇制権力へたぎる怒りを燃やしました。回復したところに次の拷問ということになるので、留置場の中で私はいつも障害者か半病人のような状態でした。

この一冊のノートには、以上のことが書かれていた。

「これは朋代が大学に入学したら渡そうと思っていたノートだ。でも、今がその時だ。朋代が小さい頃、よく日曜日に家にきていた背の高いおじさんに、小型モーターの設計を頼んでいたことは話したね。朋代も一度、このおじさんとお話をしたことがあるって言ってたよね。とても人を大切にする人で、戦争は絶対にいけないと言ってた人だ。日本人だけではなく、世界中の人のことを考えていた、かけがいのない人だった」

「そうよね、私、またあのおじさんに会いたかったの」

「言論の自由を求め続けて運動をしながら、国粋主義の世の中で、言論の自由が許されなくなって、その反論をしていたんだ」

「じゃあ、この中西三洋さんという人が獄中でされたことと同じようなことを、あのおじさんもされたのかしら」

「そうだろうね。自分の意思を絶対曲げない純粋な人だから、もっとひどいことをされたかもしれない。だからおじさんは獄死したんだ」

「天皇制国家を理想とする国粋主義の人たちがやることは、自分たちだけが正義で、その他の意見を絶対に受け入れられなくて、残酷なことができるなんて考えられないわ」

父は一瞬、夕日に照らされた窓ガラスの方を見て、厳しい顔をした。

「朋代、この夕日は美しいだろ」

「……」

「天皇制国家の矛盾と虚構の中にいる連中には、一日の終りの入り日の美しさは、絶対に見ることはできなかっただろう。その彼等の正義は許されるものではないけれど、私は正義くらい恐いものはないと心の底にしまってきた」

「私にもわかるわ」

朋代は父の顔を見た。今も厳しい顔をしている。

「日本の歴史の上で忘れてはならないことがあるんだよ。天皇制が続いてきた中で、奈良中期の天皇で聖武天皇という人がいて、死刑を中止の詔《しょう》書（国の機関としての天皇の意思表示の公文書）を下したんだ。代々の天皇もその方針を貫いて、それから三四七年もの長い間、死刑は消えたんだそうだよ。奇跡とさえ言えると私は聞いたことがあるんだ」

朋代は父の内面の流露を感じた。そして、父の心の底に今、背の高いおじさんの想いを重ねているのであろうと感じた。

父が膝の上に指を開いた形で乗せた。中西三洋さんが特高にされたという、指の間に鉛筆を入れて締め上るという拷問の姿が浮かんできた。言いようもない人間の醜悪さだ。

「お父さん、私、天皇制の中に聖武天皇がいたことは知っていたの。お后の光明皇后が書かれた書の臨書をしたのよ。でも、死刑を中止した人だとは知らなかったわ。臨書した時、光明皇后を調べたんだけれど、仏教を篤く信じて、悲田院や施薬院を設けて窮民を救われたのだそうよ。私が臨書した書は写真版を本にしたものなのに、字形が自由で強さを感じたわ。よい意味で強くないと、人に優しくなれないんじゃないかしら」

「それはすごいな。それが大切なんだ。天皇制の国粋主義者にはそれがまったくないんだ」

「私ねえ、風邪のひきはじめの時、お母さんから教えてもらったったことがあったの」

「なんだ?」

「それはねえ、水の中に少しお塩をいれて、鼻で水を吸って鼻を洗いなさいと言うことなの。それで風邪がひどくならなかったから、いつもしていたんだけれど、ある時、うっかりお塩を入れないで、水だけで鼻で吸ったらものすごく痛くて、鼻がどうにかなりそうだったことを思い出したわ」

「あれ、私も経験してるから、気を失ったということ、心が痛くなるほどわかるの」

「ああ」

父と朋代は放心状態であった。二人とも背の高いおじさんのことが心の底を離れないからだ。

「お父さん、背の高いおじさんのお墓はどこにあるの？」

「それがないんだ……。あのおじさんの父親が、天皇制国粋主義者で、息子が獄死したことは世間様に対して恥ずかしいことであり、申し訳けないことだと……。葬式もしないで遺骨を母親の実家の寺に預けたそうなんだ。私も墓参りをしたくて、父親のところ行ったことがある。預けられた寺のことも聞いたが、教えてくれなかった」

「天皇制国粋主義って、親子の情さえ奪う、凄まじいものなのね」

朋代の心の中に荒涼とした人間風景が浮かぶ。そして、この矛盾した観念に圧倒されて落着きを失う。

「天皇制が悪いというわけではないだろう。聖武天皇から始まって、代々三七四年間、死刑がなくなっていた時代があるんだ。拷問や虐待などで将来有望な多くの生命が奪われた天皇制国粋主義は、天皇と直接会うことのできる一部の爵位の連中や軍部の連中が利用したんだと感じている。日本は資源がない国なんだから、有望な人材が必要なんだ。その人材を戦場でも失ったんだからなあ」

「人間にとって一番大切なことは、人を大切にすることとって背の高いおじさんに言われて、小さい頃だったけれど、私はそれが正義だと考えてきたのよ。そして、それが私の心の中で柱となって生き続ける正義なのに、天皇制国粋主義者の正義には人間愛という文字がないのね。世間に色々な主義主張する人たちがいてもよいと私は考えてるのよ。でも、人間愛が底に流れてないと、お父さんが言うように、正義はやっぱり恐ろしいわ」

父が突然椅子から立ち上って、無意識に何かを確かめるようにうろうろとしている姿を見た。父は背の高いおじさんへの拷問の姿が頭の中をめぐり、いても立ってもいられない心境だったのかもしれない。

「朋代、小林多喜二っていう小説家を知ってるだろう」

「ええ、知ってる。『蟹工船』を読んだわ。蟹工船の中での弾圧と抗争を書いたものでしょ。友達の林さんから貸してもらって読んだの」

「その小林多喜二が特高警察の凄まじい拷問の有様を小説に書いて発表した彼は、昭和八年、あなたの生まれた年だ。築地署に検挙され、その日のうちに虐殺されたんだそうだよ。築地署は心臓マヒと発表したんだ。よく抜け抜けと言えたもんだ。新聞もラジオもそのとおり発表したって聞いているよ」

「恐ろしい時代だったのね」

「二九歳だったというから、これからどれだけよい作品が書かかれたかしれないよ。志賀直哉を敬愛していた作家だそうだ。私は少し多喜二を調べたことがあるんだよ。秋田県生まれだそうだが、社会科学を学び、ナップというプロレタリア芸術の文芸家の団体が作られたそうだ。日本でのプロレタリア文学の最盛期を作ったと言われている」
「お父さん、プロレタリアって、なんとなく『蟹工船』を読んだんでわかる気がするんだわ」

「プロレタリアはな、古代ローマの最下層の市民たちを意味するんだ。人間はね、そういう人たちに目を向けるということは大事なことなんだよ。だからこそ、小林多喜二という小説家を国家が虐殺することは許せないんだ。国家は常に最下層の人たちに目を向けていなければならないはずなんだ。小林多喜二は国への意見者だったはずだ」

朋代はふと小学校への行き帰りに、家を建てる予定の平地に土突と言って、地盤を固めるおばさんたちのことを思い出した。五、六人のおばさんが太い丸太に人数分の縄を巻き、丸太で叩いて土を固めていくのだ。おばさんたちは掛け声をかけてバランスをとっていった。その掛け声は、今でも朋代の耳の底に残っている。

「父ちゃんのためなら、エンヤコラ」

子どものためなら、ではない。この言葉は数人の友人に聞いたので間違いない。今も、もの悲しい。父ちゃんの収入が少ないと言うことだろう。これも多喜二のプロレタリアの世界であろう。小林多喜二という小説家の名前と、世界中の人はみんな大切だと言い、言論の自由を求め続けた背の高いおじさんの胸に小さく凝固して刺さった。小林多喜二は戦後の日本にとっても大切な人だった。父は突然このようなことを言い出した。

「朋代、政治はな、そもそも人間が人間を愛することができるようにつかさどることだ。その政治家が軍国主義者、天皇制国粋主義者では人間が人間を愛することなんかできない。そして、他の主義主張を許せない。だからこそ、拷問や虐殺が平気でできるんだ。何とも言いようのない醜悪なものを感じるよ」

「戦後の今の時代だったら、拷問や虐殺をしたら刑務所行きでしょ」

「あたりまえだ。今の日本には裁判があり、死刑もある。私は小林多喜二にどんどん小説を書いてもらいたかったな。プロレタリアというとすぐ共産主義者というふしがあるが、民主主義の世の中になっても穴がでてくる。暮らしが楽ではない人に目を向けた小説を書いてもらいたかったんだ」

「私、お父さんの考え方がよくわかるわ。私たちが食べるおかずと寄宿の人のおかずが同じだったわよね。だから私はお父さんのこと大好きだったのよ。私の友人が言うには、普通、経営者と寄宿舎の人とは、おかずが違うって言ってたわ」

「そうか、朋代がそのことをわかってくれていたのはとてもうれしいよ。こういったことは、人間の根本だからな」

青春

一九五二年（昭和二七年）。朋代は大学の国文科に入学した。高校時代（女学校から学校編成で高校となった）演劇部だったので、迷うことなく演劇サークルに入った。同時期にサークルに入った川田君がいた。

彼は政治学科だった。彼も高校時代から演劇をやっていたので話が合った。年齢も同じなので、栄養失調の名残りかお互いに細い。東京大空襲の経験者だったが、家が日本橋だったので家は焼けなかったと言った。サークルの新人二人は、稽古の後片づけ係で、それを終ると話をすることが多かった。

「うちは両親とも東京生れの東京育ちで田舎がなかったから、疎開しなかったんだ。だからB29爆撃機を今でも覚えてるよ。三四四機が編隊できて、焼夷弾を落したんだよね。防空壕を出たら隅田川あたりが炎につつまれて真っ赤に燃えさかってるのを見たよ」

朋代はその時の地獄の体験を彼に語った。彼はしばらく無言だった。彼は考え抜いた熱心な声で話し始めた。

「僕の兄弟は男ばかり三人で、僕が一番下なんだ。上の兄は頭がよくて旧制の中学を卒業すると陸軍士官学校に入ったんだ」

「そうなの、頭がよくないと入れないと聞いたわ」

「その兄がね、レイテ島で玉砕したんだ……。遺骨入れの中には石ころが一つ入っていてね……。日本軍のしたことだと思うんだけれど、レイテ島の石か、その辺りの石ころかもわったもんじゃない……。そう言って、両親が号泣していたのが忘れられないんだ……」

朋代は何度か言いかけて、口をつぐんだ。

「その下の兄がお国のためだと言って、人間魚雷の一員になったんだ」

「それって聞いたことがあるんですけれど、日本海軍が考案使用したという水中特攻兵器で、魚雷に乗員一人が乗り込んで操縦しながら敵艦に接近して体当りするんでしょ」

「朋ちゃん、よく知ってるね」

「だって、子ども心にも天皇制国粋主義の中で育って、様々なことを味わされてきたんですもの、色々調べたわ」

「兄が乗り込んだ魚雷艇が発艇する直前、ちょうどその時に終戦になって兄は帰ってこられたんだ。そして兄は家に帰ってくるなり、家の廊下にいきなり短刀を突きたてたんだ。それを見ていた両親は黙っていたけれど、僕は恐わかった。一年ぐらい兄はベルトに短刀を差して、あちこちで喧嘩をしていたんだそうなんだ。親は何も注意しなかったみたいで……」

朋代は国粋主義全体の影であり、その主義に打ちのめされた人々の心の影のように思われて心が痛んだ。

「その後、兄はいくらか自分の心を落ちつかせたのか旧制中学に戻り、仏教大学に入って僧侶になったよ。自分より先に魚雷艇に乗って命を散らせた仲間のために、自分の一生をかけて弔いたいという心だったかもしれない」

川田君の兄は、自分で自分をなぐりつけ、辿り着いた道だったのかもしれない。

「二度と戦争があってはならない、僕はそう考えたから政治学科に入ったんだ。朋ちゃん知ってる？　慶応大学の塾長（学長）だった小泉信三は先の戦争に反対だったんだって。でも、いざ戦争が始まると、国を守まねばと考えたんだろうね、戦争に協力しなければいけないと考えたそうだ。この事実を時代の限界ととらえたんだって。僕は二度と時代の限界を作ってはいけないと心を一杯にしている。二人の兄が戦争に翻弄されたし、朋ちゃんが東京大空襲の話をしてくれたから、ますますその思いは強くなったよ」

「小泉信三と言えば、自宅が東京の大空襲で焼かれた時、一室にとどまって動けずにいたんですって。火だるまになったのを救いだされたというのを何かの本で読んだことがあるわ。一室に閉じこもって動かなかったのは、教え子や長男も戦死されていたので、それらの人々への謝罪の思いであったろうと推察されてるんですって。私、この方の火傷でひきつりの残った顔をテレビで見て知ってるの」

川田君は何かのショックを受けた後のように一瞬目を閉じた。川田君は謝罪という言葉に反応したようだ。

「朋ちゃん、戦争中、特攻隊を発動させた大西滝治郎中将のこと知ってるかい」

「深くは知らないわ」

「この人はそもそも自分で発動させた特攻隊を〝統率の外道《げどう》〟と言ってたんだ。日本が降伏すると、戦死した特攻隊員とその遺族に謝罪する遺書を書き、軍刀で割腹したんだよ。それもそばにいた人が連れてきた医者に一切の手出しさせないで、一五時間以上の苦痛に堪えてから絶命したんだそうだよ。切腹は介錯《かいしゃく》（切腹する人の首を切りおとすこと）で命は断れるから、一瞬だよね」

「そうね、死刑だって一瞬よね。一五時間以上の苦しみを大西中将は自分に呵されて謝罪となさったのね」

「大東亜戦争だと豪語して、これだけの謝罪をした軍人は一人もいないんじゃないかな。三八〇〇余名の隊員たちの命の重さを本気で受け止めた軍人の大西中将は、きっとこれでも足りないと心の中の深くに刻んだのかもしれないね」

朋代は人間て何なのだろう、と自分の手を見た。何で手を見たのだろう。窓を見ると西日に太い雲がかかってサークルの部屋が一瞬うす暗くなった。

「そろそろ帰りましょうか」

「そうだね、帰ろう」

お互いに帰り仕度を始めた。

「ずいぶんと話をしちゃったけど、話はつきないよね」

川田君は戸締まりをして鍵をかけ二人で歩き出した。

「色々と話を聞かせてもらって、よかったわ」

「僕だって同じだよ。東京大空襲の真っ只中の話を聞いたのは、初めてだったから衝撃だったよ」

「私だって同じよ。お兄さんたちのお話は忘れられない……」

「集団疎開で親が亡くなって、孤児になった人がたくさんいるみたいだから、その人たちがこれからどのように生きられるか、こういったことも含めて僕は政治学科に入ったんだ」

川田君の最後の言葉は強く響いた。人間の悲惨から守ってくれるのは、川田君のように兄たちの悲惨さを実体験した人々が政治家になることだと朋代は考えていた。一瞬強い風が吹き心に沁みる。

「もう門にきちゃったね、朋ちゃんは右に行くんだよね。僕は左だから、気をつけて」

「ありがとう」

朋代は最寄りの駅へと足を運んだ。


翌日、二人とも昨日の話を忘れたかのように演劇の話で夢中になっていた。このサークルの先輩たちの演し物《だ》は、木下順二の戯曲『夕鶴』である。これは佐渡島の昔話『鶴の恩返し』に基づく民話劇だ。今日はこの劇の舞台稽古を観た。後片づけは大変だが楽しい。

「僕は入学の時、旧制の中学で男子校だったけれど、朋ちゃんは女学校でしょ」

「そうなのよ、私たち、卒業は高校だったわね」

「学校編成でそうなったんだよね。演劇部で女性がいないので、先輩が劇曲を書いて男ばかりの劇をやってたんだ」

「私たちも女だけなのに『夕鶴』をやったの」

与ひょうという心優しい働き者で、人のいい男が矢に射られた鶴を助けた。恩に感じた鶴は、人間の女に化身し、与ひょうの女房になった。鶴は羽を紡いで、与ひょうに渡す。与ひょうは喜んだが、悪知恵のはたらく村人にそそのかされて何枚も織らせ、金にかえてしまう。織るところだけは見てはいけないという約束さえも与ひょうは破ってしまう。羽毛を抜けるだけ抜いてしまった鶴は、よたよたと空に飛んで行ってしまう、というのが『夕鶴』の話のあらましである。

人の真を求めて、女に化身した鶴の愛と嘆きが切ない。

「僕、初めて観たけどいいね」

「そうでしょう、とてもキャスティングが魅力的と感じたわ。私、演出をしてたからわかるんだけれど、鶴役がほっそりとした美しい方で演技も上手な方だし、与ひょうのやわらかい雰囲気が好きだわ」

「男役、女性でやったの」

「そう、それが意外にもよい表現をしてくれたのよ」

「演出っておもしろそうだね。僕は役者だから、自分ってものを全部捨てないとできないよね」

「あら、私も役者もやったていたから、よくわかるわ。捨てて初めて演技ができるのよね。音に敏感でないと表現できないし」

「そうだね、音痴も駄目だよね。友達に音痴がいたんだ。台詞がぴんとこないんだ」

「自分をその都度ぬぎ捨てて、別な人間になっているうちに、私は誰とでも話しができるような気になってきたの」

「そう、そう」

お互いの意見が一致していた。

川田君とは二年ほど演劇に夢中になった。二人とも役者をやって、のめり込んでいた頃、サークルの部屋を出て、突然の言葉に驚いた。

「僕、演劇止めなきゃならなくなった」

「どうしたの」

朋代は言葉を切った。

「兄の寺の檀家総代が代議士でね、大学に行っている書生を探しているって言うんだ。学費は出してくれると言うから親に負担をかけないですむしね。何よりも僕は政治家になるのが夢なんだ」

「書生って廊下を拭いたり、庭の掃除をするって聞いたことがあったわよ」

「それも覚悟の上で決めたんだ。長男の兄のこと話したよね。その時、両親が兄の骨壺の中の石を見て、どこの石ころかわらないと言いながら号泣した姿が忘れられないんだ」

朋代の頭の中に戦争中のことがゴチャ混ぜになって甦っていた。

その後、川田君と会うこともなく、朋代は大学を卒業した。数年の間、川田君との年賀状のやりとりがあったが、川田君の方から途絶えた。いつまで待っても、代議士として川田君の名前を見ることはなかった。

朋代は人生のひとコマに触れた気がした。川田君の空想で終ってしまったのだろうか。キュルケゴールという人は、空想は人間のすぐれた能力でも随一だと言ってるくらいだから、川田君は空想の中に、忘れられない夢の理由を残した別の道を進んでいたのかもしれない。

視点

「朋ちゃん、今日のニュース担当でしょ、はい」

ニュース番組の原稿を新聞記者から渡された。

朋代はラジオの民間放送局の試験を受け、アナウンサーとして入社した。当時は民間放送始まった頃で、新聞社が親会社、放送会社が子会社という構造から新聞記者がニュース原稿を書いていた。

「ありがとうございます。西山さんの原稿はとても読みやすくて、助かっています」

「そうかな、ただ書いているだけなんだけど」

「生意気ですけど、私、高校の頃から演劇や放送劇をやっていたんです。放送劇の脚本も書いていたんで、少々言葉に敏感なのかもしれません」

「なるほど、よいこと聞かせてもらったよ」

「とんでもない、先輩に偉そうなこと言ってごめんなさい、恥ずかしいです」

西山さんには言えなかったが、他の記者の原稿はとても読みにくい。ここで朋代は内容を変えることなく滑らかな言葉にする術を覚えた。

二つあるスタジオは、昼間は歌番組やドラマなどの番組に使われ、時には菊田一夫氏（劇作家・作詞家）の話を聞くこともあった。社員の番組の録音は夜であった。朋代は朝の番組を夜に録音しなければならない。

休日の日は一週間まとめておいた記事を読む。西山さんの記事と他の人が書いた記事を比べてみた。アナウンサーたちは、西山さんの記事は読みやすいと口を揃える。新聞記者には斜眼主着者が多い。西山さんの記事は的確に物を見て、それから斜眼で一応見ているのだろう。しかし、斜眼が表に出ていない。

　ある夜、西山さんと会った。

「先輩に生意気なことを言うようですけど、いつも心で書かれていらっしゃる。だから我々はニュースが読みやすいのだと思います」

「僕なんか新米だから、なかなか記事を載せてもらえないんだけれど、朋ちゃんにそう言ってもらうとうれしいよ」

「私、西山さんの大大大先輩にあたる方の本を読んだことがあるんです。ゴテゴテの斜眼主義者で、一茶の『やれ打つな蝿が手をすり足をする』という句があるでしょ、私が子どもの頃、お店でもらった団扇にこの句が書かれていたんです。蝿の仕草なんかよく見てもいなかったのに、今思うと蝿の微細な仕草がまるでスポットライトを当てたように、鮮やかに浮き上ってくるんです。そして『やれ打つな』で、思い切り自分の頭をたたかれたような不安を感じるんですけれど、その方は、『やれ打つな蝿が手をすり足をする』がなぜ嫌いかと書いていました。蝿と言えども生あるものなんだから、むやみに殺生はしてはいけないよと、句に託しているところがいただけない、と書かれていました」

「それは朋ちゃんの言う通りだな。記者は一応、斜めに見ることは必要だけど、俳句という文学を、こんな風には書きたくないよ」

「だから西山さんの記事が好きなんです」

「こうやって自分たち記者と、放送会社の人たちとは雰囲気が違うことは僕も感じたことはあるけれど、わが社には今、こんなゴテゴテな斜眼主義者はいなよ」

と、西山さんは言った。

西山さんには言わなかったが、ゴテゴテとまでとは言わないが、中にはそんな感じがする人もいた。朋代はこのことを感覚的に嫌っていた。皮膚のところで撥ね除けていた。この時の朋代は西山さんの記事を見ることと、話しをすることが楽しい。

西山さんは、朋代より二歳年上だ。

「朋ちゃんとはそんなに年が違わないから、あの当時はろくなもの食べてなかったでしょ」

「もちろんです。だからみんな、お金の有無にかかわらず、体のどこかに吹出物ができていました」

「僕なんか股にできて、医者にいくら行っても薬をもらっても治らなかったよ。姉は肺結核になって、母の実家が長野県だったから向島からそこへ疎開したんだけれど、姉の肺結核が感染すると言って、納屋に入れさせられちゃったんだ。同居していた伯母がきつい人で、農家なのに食べ物をわけてもらえなかったんだ……。それを見ていた祖母が伯母のいないところを見計らって食べ物を持ってきてくれたんだよ。でも、姉は死んでしまった……」

「母方の叔母も、父方の従姉も肺結核で死にました。今ならペニシリンという薬で治るのに……」

「この病気は栄養をとらないと亡くなる病だものね。僕のところは満州で父が戦死し、兄が二人とも陸軍士官学校を卒業して、上の兄が大尉になってからフィリピンで戦死してしまったんだ。二番目の兄が中尉でレイテ島で同じように戦死してね。戦死すると一階級ずつ上がるんだ。だから僕はひとりっ子、向島の家は焼けたけれど、母方の祖父が山林を売って家を建ててくれたんだ。母がどんなに喜んだものか。大きな仏壇を買って位牌を入れて、山梨の父の代々のお墓に入れられていたけれど、二人の兄たちの骨壷の中は石ころが一つずつ入っていただけで、仏壇に一度置いてやりたかったんだろうね。骨壷から二つの石ころを出して、着物のふところに入れて、お線香を立てて……。ふところに入れた二つの石を母が愛おしそうに手で抱きかかえていた姿が今でも忘れられないんだ。二度と戦争があってはならないと、筆で自由と民主主義を守らなければと、新聞記者になったのさ」

朋代の目から涙が止まらなかった。

朋代は三月九日から一〇日にかけて、自身が体験した東京大空襲の話をした。

「向島もひどかったらしいね。自宅は焼けちゃったし、長野ではいやなことしかなかったけれど、向島にいたら母も僕も生きていなかっただろう。本で読んだことだけれど、B29が莫大な量の焼夷弾を投下した上に、空中からガソリンをまいたというから、たまったものじゃないよね。一説にはガソリンはゼリー状だったという話もあるそうだよ」

「私は千住付近にある親戚の家の方にはまだ火の手が上っていなかったので、母とそっちに向って必死に走りました。夢中で逃げたんですけれど、人間を目がけて低空飛行はしていたと思いますが、ガソリンはまかれませんでした。それだけはまだ救いだったのかもしれませんね。でも、それらのことが忘れられません」

西山さんと朋代は、機会があるたびに、我々同世代の者や親、兄弟や友達が味わった荒涼としたものを語り会っていた。

「朋ちゃん、皮肉にも僕の家はコマイヤと言って、竹を細く割って、家の壁の中に入れてその上から壁土を塗る、細竹売りの家に育ったんだ。決して裕福な家じゃなかったんだ。だから兄二人が大学に行けるような家じゃなかった。父が戦争に行き、兄たちは陸軍士官学校に入るしかなかったんだよ」

「あの頃、頭のよい人しか入れなかったんじゃないですか。憧れの的でしたよ、お金があっても食物が買えるわけじゃないですし」

「でも僕は、亡くなった父と二人の兄の恩給のおかげで生活できて大学に入れたんだ。皮肉なものだよね。姉が肺結核だったから薬科大学に入るのが夢だったし、二番目の兄は小学校の先生が憧れで師範学校に行きたかったんだ。仕官学校は学費不要だし、少尉以上の武官になれたからね。しかし、まさか死ぬとは夢にも考えていなかったんじゃないかな」

西山さんの目に少し涙がにじんでいた。朋代は西山さんの顔が次第に何かはずかしそうな、決まりが悪そうな表情に変化しているのを見た。思わず、朋代は目をそらした。

「母方の祖父から二人の兄は軍刀を買ってもらってね、その軍刀を差した二人の写真が残っているけれど、カッコよかったよ。子どもだった僕は、こんなことになるとも知らずに、誇りでさえあったんだよ……」

「あの当時としては当然ですよ。武官の人が軍刀を差して歩く姿を見て、憧れのようなものがありましたもの」

朋代は言いながら、時代の流れは、いかようにも形作り、人間を踏み躙るものだと考えていた。朋代は大学時代、禅学者であった教授から、禅の書である『碧巌録《へきがんろく》』について講義を聞いた。その中の「南禅猫を切る」という則の中のことだ。

お互に向き会って言い争いをしていた。南禅禅師が「答を出せ」と言い、子猫の首を掴み「答が出せなかったらこの子猫の首を切るぞ」と言った。答が出なかったので、本当に子猫の首を切ってしまったという。子猫の首を切ってわからせようとしたことは、国同士の戦いにつながることを意味しているのであろう。この教授がアメリカでこの則の説明をした時、「子猫を切るとはなにごとか」と大変な騒ぎになったそうだ。キリスト教徒が多いアメリカでは当然だ。これが宗教かとなったろう。しかし戦争中、アメリカのB29は低空飛行で焼夷弾やガソリンを人間目がけて落とし、広島、長崎に原爆を落した。それでも要因は、日本軍が真珠湾に奇襲攻撃を仕掛けたことだ。

朋代は西山さんにこのような話をした。

「そうだよね。些細な言い争いが、人と人との間に溝を作ることだってあるよね。先の大東亜戦争と称して日本が仕掛けてやったことだ、日本の軍人は勝てるというおごりがあって仕掛けたことだろうけれども。これは僕が何かの本で読んだことだけれど、テニアン、グァム、サイパン、ロタ、硫黄島、ヤップ、パラオ、日本の領地とした軍がアメリカ軍に反撃をくらい、サイパンが陥落した時には、この島からB29が日本本土を襲撃できる距離だということがわかったはずだと書かれていたよ。ここで白旗をあげておけば沖縄の本土上陸、本土への空襲、広島、長崎の原爆投下もなくてすんだはずなのに……」

朋代はサイパン島を占領された時、わが国は神の国だ、などと言っていた軍部に計算ができる人間はいなかったであろうと心の底に入れた。永久に実現しない幻想の一コマのように感じられた。

「原爆を投下され、やっと白旗をあげる気になったんだから、それでも陸軍の将校が、天皇へ敗戦することを告げた録音データ（原爆投下後に天皇をはじめとして、このままだと高級軍人たちも殺されることになると判断し、天皇に白旗をあげる経緯を説明した内密の録音データ）を取り上げようと皇居に入って行ったって言うんだから、人間の思考というものはある意味、恐しい気がするよ」

西山さんは一瞬、窓の暗闇を見据えるように言った。

その後、朋代たちアナウンサーが読み上げるニュース原稿は、新聞記者ではなく放送記者が書くようになった。

「朋ちゃんとも、話をする機会がなくなっちゃうね。今日が最後だ」

「ああ、そうですね」

と、朋代が感慨を込めて言うと、

「僕ね、A級戦犯の岸信介のことを調べているんだ。なんでA級戦犯の岸信介が処刑されなかっていうと（一九四八年放免される）、岸の直系の部下だった椎名悦三郎が、マッカーサー元帥宛に釈放の嘆願書を出したためだと言うんだけどねえ」

朋代は日本兵が隊列を組み足並みを揃えた、ザッザッという音がある躍動感をもって、耳底に残っている。一つの情熱の根拠を日本人に与えてしまったような気がしてならない。兵隊というのは、どこの国でも人殺しであり殺され人である。草一つ生えない荒涼とした岩山の寂寥感《せきりょうかん》があることを忘れてはならない。

西山さんが調べている岸信介のことで父から聞いたことがある。岸が満州にいる頃の膨大な金の流れに、東条英機と岸信介が介在していたことは確かだということであった。そのことであろうか。岸信介がA級戦犯で死刑にならなかったのは朋代が不信に感じていたことだ。

「岸は甘粕正彦という満州事変の陰謀にかかわった人物を高く評価していた。甘粕は金に困ったことがないというんだ。そこで僕が驚いたのは、アヘンの利益が莫大だったということ、そして里見という男が上海でアヘンの総元締めをやっていたんだ。このアヘンはインドのベルナスアヘンというもので、イギリスの軍艦が堂々と上海に陸揚げするそうでね。臨検などなし、それを里見に売り、イギリスにとっては大きな財源だったんだって」

「イギリスは国際連盟で『アヘンは人類の敵だ』って叫んでいたって何かの本で読んだことがあります。さすがイギリスは紳士の国と感心した覚えがありますのに」

「その莫大なアヘンの利益は、関東軍の軍事機密費として使われいたそうなんだ。当時の満州には中国からたくさんの労務者が出稼ぎにきていたんだって。一番多く送り込んでいたのは山西省で、ピークには年間一〇〇万人ぐらいきていたそうだ。彼らは劣悪な環境の中でたくさん死んでいったそうだよ。僕は貧乏な中で生れ育ったから、こういうことを知るのが一番いやなんだ」

「私だって同じですよ。上から目線で、貧しい人々を劣悪な環境で死なせてしまうなんて、人間として許されないことでしょ」

「そうなんだ。それが我々と同じ人間の、それも日本人がしてきたと知ると……。朋とゃん、もっと残酷なことがあるんだ。里見という男はペルシャ製のアヘンも扱っていたんだけれど、その後に満州産のアヘンを販売したのは手短だったからだろうね。そして僕がもっとも許せないのは、死なせた労務者（中国人）は土葬でしょ、貨車に積んで故郷へ送るんだそうだ」

「棺桶に入れてるんでしょ」

「この連中が入れるわけないよ。死体の腹を裂いて、熱河省（現在の河北省）でとれた生アヘンを詰めて、着いたところで関東軍の特務機関連中が取り出し、利益を上げていたんだって」

「耳に入ってきただけで私は寒気がします……」

朋代はただ聞いたとだけとは言えないショックがあった。聞いたという言葉が出てこないことがあることを初めて知った。人間の残酷さを大空襲で散々と目と心に焼きつけた。今は耳に焼きつけたことになる。人間が優位に立った時、人々に不幸を平気でやってのけるものなであろう。西山さんは語る。

「甘粕正彦は独走する関東軍の影で、日本が戦争へ狂奔する火つけ役を演じたとも言われているそうだ。イギリスから里見を通じて甘粕に入るアヘンのルートと、満州国政府が熱河省産のアヘンを南方で密売したルートの二つの筋から、満州を舞台に想像もつかない巨額のヤミ資金が渦巻いていると、調べた本に書かれていたよ」

「甘粕という人物、これだけ日本を壊すことをやってのけられたのは、私は人間ではなく、バケモノに見えます」

「そうだね、朋ちゃんがいうバケモノの謀略工作の必要性を認め、このバケモノを高く評価していた岸信介がアヘンのことを知らなかったとは考えられないよね。ある本の中に、満州を料理した東条、岸、甘粕らの人脈の内面からアヘンを除外するわけにはいかないだろうとあったんだ。その頃、中国人の半分はアヘンを吸い、特にインテリ層はほとんど吸っていたそうだ。大臣から役人まで、ここでも満州国のヨタヨタぶりが見えてくるよね。皇帝の后もアヘンで体をこわしていたくらいだからね」

「そうね。これでは国が成り立たないわね」

「これも調べた本の中に謀略とアヘンに塗り込められた凄まじいばかりの満州国興亡史が迫ってくるとあったよ。実は書き留めておいたから読んでもいいかい」

と言って、カバンからノートをとり出した。

「昭和二〇年八月一一日、午前二時。いつソ連軍がくるかという不安と、敗戦の悲色におおわれた南新京駅で過す一刻一刻はさすがに心細いものであった。やっと出発準備が整った。その頃、にわかに夕立があって雷鳴がとどろいた。列車に歩を運ぶ皇帝に続いて、阿片中毒で立てなくなった皇后が看護人に背負われてゆく哀れな姿が、稲妻がはしると一瞬パッと光の中に浮かび上るという劇的な場面を展開した」

というところで西山さんは読み終わった。

「皇帝は愛新覚羅溥儀《あいしんかくらふぎ》だよね。ここは劇的でしょ」

と、読み終えた西山さんがポツンと言った。

「皇后の写真を見たことがあります。とても美しい方で、楊貴妃はこのような方ではなかったかと想像してしまいましたけれど、写真を拝見しているだけに、日本人がかかわった満州国をアヘンで泥沼にした象徴のような姿で浮かびますね」

「僕が調べたところによると、ある人が岸信介の持つ凄味は、名刀・村正が青光りしているというか、火花を散らしたような感じがするとあったよ。これも中国人にアヘンを売り、膨大な金の中に岸信介がいたんだろうね」

「そうでしょうね」

「極東軍事裁判で満州に作り出された窮状は、キーナン主席検事と元満州国皇帝溥儀との質疑の中で、溥儀は専売（溥儀自身が販売を許されたものはアヘンのみという意味）された最も主なものはアヘンだと言ってるんだよ。綿花とか食料なども中国人には手に入らず、寒さで多くの人が凍死したり病気になったんだって。在満日本人の非情と楽天主義が満州を異様な国に変えたということだね。岸はその象徴的な存在であらゆる面の推進者だったとある本に書かれていたよ。僕はこれを読んだ時、天皇制と軍国主義、国粋主義の人間たちは、人間が持つべき〝心〟をこんなところに置いて生きていたのか、自分の心がさえぎられて、得体のしれない化物にぶつかった気がするんだ」

西山さんの言葉は至極当然であった。その当然さが朋代の心にしみて痛かった。

「心が痛い……」

「それが人間だよ、朋ちゃん。前にも言った椎名悦三郎が、マッカーサー元帥宛に釈放の嘆願書など出さなければ、岸がやってきたことを考えれば、A級戦犯だったのだから、東条と同じように死刑にならなければならない人間だったんだよね。すでにぬくぬくと政治家になり、首相にもなっている。恐ろしい……」

「本当にそうですね」

「僕はね、朋ちゃんも読んだことがあるだろうけれど、『きけわだつみのこえ』の中の木村久夫さんのことなんだけれどね」

「ああ、『音もなく我より去りしものなれど　書きて偲びぬ明日という字を』という短歌を残して、戦犯刑死された方でしょ」

「よく覚えているね」

「私も読んで、この短歌が胸にグサッときて忘れられないんです」

「京都大学の学生で陸軍上等兵の彼が終戦の翌年の五月、シンガポールのチャンギー刑務所で処刑されているんだ。これからもこんな矛盾を見ながら生きていかなきゃならないんだろうな」

西山さんの顔を見ながら、朋代は西山さんが書きたい記事が、例えどんなによい記事であろうが、会社という壁があり、社会という壁があり、政治家の壁があるのだろうと考えていた。

「朋ちゃんねえ、僕はこの間、岸に関する情報を掴んだんだ。それも彼が満州にいる頃に言っていたことなんだ。まだ政治家にもなっていないのに、政治資金は濾過器を通ったきれいなものを受け取らなければいけない。問題が起こった時は、その濾過器が事件になるのであって、受け取った政治家はきれいな水を飲んでいるのだからかかわり合いにはならないんだそうだ」

「濾過器が事件になってくれるって、どういうものなのか理解できませんが……」

「僕にもわからない。政治資金で汚職問題を起こすのは濾過が不十分だからだそうだ。満州時代に濾過のトレーニングを終了したことの得意な宣言だったかもしれない。こう言うと、アヘンがらみがチラチラするよね」

これこそ記事は無理な話として教えてくれたのだろう。窓はしらじらとした夜明けを差し込んでいる。

「あ、朋ちゃん、ごめん、もう朝だ。お母さんが心配しているんじゃない」

「いいえ大丈夫です。仕事で遅くなるので、明日は帰ると言っておきましたから。よくあることなんで」

と、朋代は答えた。

「僕らの仲間でこういう話ができるのは、朋ちゃんしかいないんだよ」

「私もです。とても貴重なお話ありがとうございました」

「このノート、岸信介や満州のことを調べたものなんだ。それに僕の個人的な体験もね」

西山さんが差し出してくれた。

「うれしいわ、ありがたくいただきます。私にとって宝物です」

「朋ちゃんはこの放送局の外郭団体の放送劇団の代表役をやっているし、脚本も書くって聞いていたから、この中で使えるものがあったら使ってよ。でも、壁があるものばかりだけどね」

「プロデューサーはやわらかい心を持っている方ですから、こちらである程度神経を使った脚本であれば大丈夫なはずです。脚本を書くの楽しみにしています」

「じゃあ朋ちゃん、これからお互に忙しいからなかなか会えないだろうし、住所を交換しようか」

「そうですね」

お互に手帳に住所を聞いて書き留めた。年賀状はもとより、手紙のやりとりが続いた。西山さんは、その後、転職した別の新聞社の取締役になり、自身の二人の子息に強制したわけでもないのに、戦死された兄上が学びたかった大学の薬学部、さらに大学院に進み製薬会社の研究所で研究、弟さんは教育学部に入り大学で教鞭をとっているとのこと。うれしいご近況が届いたりしていた。朋代も西山さんには隠し事なく書き綴った長い年月だった。

朋代は放送劇団で西山さんのノートを参考に脚本を書き、演出、役者として『ふところ』というラジオドラマを制作することにした。

朋代は色々な番組に音楽を使った。その際、ＢＧＭとして流す楽器は一つにしていた。

「プロデューサー、脚本は読んでいただけましたか」

「ああ読んだよ、時代に合っていていいんじゃない。冒頭に兵隊が隊列を組んでザッザッと歩くのは、なかなかおもしろいんじゃないかと思うよ」

「これ、効果音係の人にご苦労かけるんですけど」

「それがうまくいったら、彼らの喜びになるんじゃないのかな」

プロデューサーの目に期待が光っているように見てとった。

ほとんどの作品は脚本家に頼んで、当然のように脚本料が支払われるのだが、社員が書いたものは支払われない。

「プロデューサー、お願いがあるんですけれど」

「何だい？」

「知人にすばらしい音を出すギタリストの方がいるんですけど、作曲と演奏をしてもいいと言ってくれました。相場の値で。部長に交渉していただけませんか？」

「朋ちゃん、ずいぶんとまた、ぜいたくなことを言い始めましたね。まあ、部長にかけ合ってみるよ」

プロデューサーがアナウンサー室を出て行った。レコードは視聴室に山ほどある。音楽を依頼したギタリストの林さんは、ギター教室を自宅でやっており細々と生計を立てていた。朋代は彼の音に魅せられていた。何とか世に出る機会になってくれたらという朋代の心遣いでもあった。数時間後、プロデューサーがやってきた。

「今、部長に会ってきたよ。一度、社にそのギタリストにきてもらえるかな。私が会って演奏を聞いてよいと感じたらオーケーだよ」

「ありがとうございました。プロデューサーの空いてるお時間は？」

「早い方がいいでしょう。明日の夜七時頃はどうかな」

「すぐ電話して確認してみます」

林さんに電話をすると「喜んで伺います」とのことだった。

翌日、プロデューサーと林さん、朋代の三人で打ち合わせを行なった。

そこで林さんは一九五二年に制作された映画『禁じられた遊び』のテーマ曲を弾いた。プロデューサーは林さんの人柄と、演奏の表情で魅かれていることが感じられた。

「料金が些少《さしょう》で申し訳ないのですが、それでよろしかったら」

「とんでもない、わくわくしております」

と、返答して帰った。

朋代が書いた脚本『ふところ』も西山さんの母上のことで、『禁じられた遊び』という映画も戦争の悲しみを表現したものである。

ラジオドラマはすべて音だけで表現しなければならないので、所々にナレーションを入れなければならない。ナレーターは低い落ちついた声の男性に決めた。

音を調節するミキサーによって、音の良し悪しが決まる。この社にはずばぬけてよい音を出すミキサーがいた。朋代はこのミキサーに組みこんでもらうように頼んだ。

このドラマは三〇分ドラマである。山場は焼け跡に家が建ち、仏壇の前に二人の息子の骨壺から二つの石を母親が取り出し、愛おしそうに着物のふところに入れて両手でおさえて、いく筋もの涙を流すところだ。母親の心の底には、石が愛おしい感情と骨が石になった不当な宣告を受けた思いがよどんでいるに違いない。骨壺をあける場面は効果音で出してもらい、残りはナレーションにした。

西山さんには脚本と『ふところ』のカセットテープをお礼状とともに送った。するとすぐに返事がきた。「ありがとう」という言葉と、ナレーションの中に、母の心の中を汲み取ってもらってうれしかったなどと書かれていた。ギターの音もよいし、作曲も心に染みたとあった。これは林さんに感謝あるのみであった。そしてミキサーにも感謝であった。視聴者からの反応もよかった。戦況が悪化してから返ってくる遺骨は多くの人の場合、石ころ一つであった。

また、同じ思いをした方たちの葉書が多かった。この葉書を見ていて、大学の時、同じ演劇のサークルで友人だった川田君のご両親のことを思い出した。「どこの石ころだかわからない」と言って号泣したと聞いている。

当時の日本軍の上官が骨壺を下級の兵士に並べさせ、亡くなった外地の石ではなく、日本の地の転がっている石を無造作に入れさせたのかもしれない。

下級兵士は自分の意志による行ないが許されず、上官の意志に逆らうことで与えられた恐怖が馴らされていたのであろう。下級兵士には心の痛みを抱えた人もいるはずだ。

過渡という歴史の中をどう生き進めばよいかと思いを馳せた。天皇制国粋主義、軍国主義に脅迫されて従わされ続けてきただけだ。その結果が沖縄への敵前上陸、本土へB29の大空襲、広島、長崎の原爆投下、その後の無条件降伏。朋代には〝自由〟の文字が浮かぶ。

「朋ちゃん、続々と葉書がきているよ、反響が大きいね」

と、プロデューサーが言った。

「作曲も『禁じられた遊び』と似ている感じになるかと案じていたんだけど、ぜんぜん違ってたね」

「そうですね、前半の部分に荒々しさがあって、後半の悲しみを感じるギター音がドラマを助けてくれました。プロデューサーの番組で何かあったら、今後も林さんをお願いします」

「そうするよ。よい人を紹介してもらった、ありがとう」

と、手を上げながら出て行った。

朋代の担当番組の中の一つに、アンデルセンの童話の朗読があった。当時はレコードである。

朋代はハープの単体の音盤を使った。

朋代は音の中にどっぷり浸っていった。

恋愛

祖母が茶道を教えていたので、我が家には茶室と茶庭があり、家の焼け跡に石灯籠二つと蹲踞《つくばい》（手や口を清める役石など）が空襲の猛火で異容な雰囲気で残っていた。

「朋代、やっと残った灯籠と蹲踞だ。これだけ研くのに大変だったんだぞ。砂を何回も摺り込んでみてもまったくだめだったんだ」

やっと朋代が茶道と華道の師範を取ることができ、アナウンサーをしていたラジオ局を退職した。師が高齢だったため、師の生徒を私が全部引き受けることになっていた。

生徒が初めてくる前日、父と朋代は茶庭にいた。

「私が戦後、ここに帰ってきた時、地平線とバケモノのようになったこの石灯籠二つだけだった。一人ひとり心という大切なものを持つ人間を殺しあう戦争ほど無惨なものわない」

父は朋代を見た。その暗い目には強い憤りと恐怖が浮かんでいた。朋代はその父の目とたたかいながら、一筋の涙を流した。

数か月が経つと、いけばなの出稽古が増えてきた。現在ならば花屋が車で花材を運んでくれるが、昭和三〇年代は車がひしめいていた時代ではない。花材は電車に乗って腰掛けると膝の前に置いた。次の駅から乗車してきた男性が朋代の隣の席に座った。すると、花が目にとまったのだろう。

「このお花、何という花ですか」

「これはトリトマという花でございます」

「美しい花ですねえ」

「はい、私の好きな花で」

という会話から話がはずみ、色々と話を互に重ねた。その男性から名刺をいただいたので私も名刺を差し上げた。次の駅で私は挨拶をして下車した。私は道路を歩きながら久しぶりにあたたかい秋の日射しを浴びて、よみがえったような幸せな気分であった。


数週間後、ある日曜日のことだった。

「朋代、戸田さんという男の方からお電話よ」

「戸田さん？　どなたかしら」

と言いながら電話口に出た。

「もしもし、池原（朋代）ですが」

「私、電車の中でお逢いした戸田です」

「ああ、戸田さままでいらっしゃいますか、そのせつは失礼いたしました」

「こちらこそ。あの、もし差支えがなかったら、午後一時頃、ご自宅に伺ってもよろしいでしょうか」

「はい、お待ち申し上げております」

「では、伺います」

電話は切れた。

朋代は茶道をなさっていない方には作法なしで持てなしをする。朋代は炭火を熾《おこ》して準備をしておいた。

戸田さんは時間通りに玄関にみえた。客間にとりあえずお通しした。戸田さんが、「ご両親にご挨拶をしたいので」と言われるので両親を呼んだ。

「先日、電車の中でお嬢さんの隣の席に偶然腰掛けましたら、美しい花をたくさん膝の前に置いていらっしゃいましたので、私の知らない花でしたから、花の名をお聞きしました。色々お話をしてる間に名刺をお渡しし、お嬢さんからも名刺をいただき、それに織部流と書かれていました。私の亡くなった母が織部流で、茶道を教えていたものですから、懐かしくなってつい、おじゃましてしまいました」

「そうですか、私の母も織部流を教えていました、織部流は少ないですし、東京は表千家が多いですからね。ごゆっくりなさってください。お母上が師範でいらしたなら、あなたも躙《にじ》り口（とても狭い客の出入り口）からのお稽古をなさったでしょう」

と、父が言うと、

「はい」

という答えが帰ってきた。

「朋代、茶庭にご案内して」

と、父が言った。

戸田さんが母に、

「粗菓ですがお納めください」

「ありがとうございます。ごゆっくりなさってくださいませ」

戸田さんは母に頭を下げて、朋代について茶庭にきた。

「この石灯籠二つと蹲踞、空襲の猛火の中を生き延びたものです。父が必死で研いたと言っておりました」

戸田さんはしばらく無言で灯籠を見つめていた。

「石も自然なんですね。歴史の終末だって自然を超えることができないんですから」

朋代は戸田さんの中の感性にひきずられている自分を感じた。

戸田さんには躙り口からお入りいただき、朋代は茶室に入った。朋代がたてたお茶を飲んだ。

「けっこうなごふくあいでございます」

と言うのが織部流だ。

この茶室に響く言葉はこれだけで、四畳半の部屋の空間は、心と心が厳しく会話しているのだ。これこそ茶の湯の醍醐味であろう。戸田さんの母上が織部流をきっちりしこまれているのが感じられた。

これがきっかけで戸田さんと友達になった。弟さんが公務員、父上は船長で半年ぐらい帰らないと言われた。戦時中は海軍に出兵され、軍艦に乗っていたが無事に帰国されたという。

「最近、父は再婚したんですけれど、亡くなった母を心底愛していたんでしょうね、亡くなった母との暮した家には入れないと言って、別に家を建てて暮しています。私と弟も成人しているので、世界各国を周る父の職業上、なかなか会えません。でも、正月には必ず家にきてくれます」

朋代の心に沁みる思いがさらに体の中へ入っていく。

「心が静かになります。すてきなお父様ですね」

「ありがとう」

会話が跡切れた。朋代が唐突に言う。

「私、年を重ねたら、かわいいおばあちゃんになりたいんです」

「息子から言うのもおかしいですが、母がかわいいおばあちゃんでした。私もかわいいおじいちゃんになれますか？」

と言ってでくすくす笑い合った。

朋代は東京大空襲の残虐さを語った。

そしてある時、新聞記者の西山さんが満州を調べて書き留めてくれたノートを見てもらった。

「さすが新聞記者ですね。満州がこのようになっていたとは知りませんでした。私も学徒出陣で満州に行きました。どこで感染したのかわかりませんが肺結核にかかり、本国に返されて自宅療養となりました」

「それは大変でしたね」

「軍隊のことで柔に育ったせいか、よいことで思い出すことはありませんが、満州の大地に沈む夕陽は忘れません。満州が日本の独裁的権力によって、様々なことが強固になされていたことがこのノートでよくわります」

「西山さんにも見えない社会の壁があって、なかなか記事にすることができないんじゃないかと感じています」

「残念ながら、そうでしょうね……」

このような話をしながら、会える日はお互の家を往来したり、会えない時は手紙や葉書が続いた。

時おり、戸田さんから高価な茶道具をいただいた。いつでも茶道具であった。あまりにも高価なものなのでいつも遠慮していたが、朋代がほしい茶道具なので喜んでいただいてしまう。何をお返ししようと考えたが、朋代はお金を使って品物でのお返しは心をなくすような気がした。

戸田さんの家に行った際、部屋の机のはしに、葉書がたくさん積んであったことを思い出した。祖母が大切にしていた帯がある。祖母からもらったが、朋代が年を重ねても地味でしめられない。

朋代がこの帯で葉書入れを作っていると母が、

「これをどうするの」

「戸田さんから茶道具をいただくからそのお礼に作ってるの」

「まさか、あなたたち、特別な関係じゃあないでしょうね」

「叔母ちゃんとは違うわよ。西山さんからだってよく手紙くるでしょ。同じ友達よ」

と言い切った。

葉書入れは帯布と厚紙、裏布を使い、二〇枚ぐらいは入るだろうか。底には一センチ幅で、両わきは帯布が黒なのでグレーの穴糸を二本にして、ちどりがけにして作った。葉書幅で帯地を切っていくと端布が出る。帯地の端切れがあるので色合せをして、最終的には五〇ほどできた。

朋代は、葉書入れが五つできた時、それを持って戸田さんのところへ行った。

「えっ、これを朋代さんが作ったんですか」

「ええ。この布は祖母が茶の湯を教える時にしめていた帯地だそうで、私には年を重ねてもしめられないので、抹茶の香りが染み込んでいるかもしれません、お使いいただけますか」

「喜んで使わせてもらいます。ありがとう！」

「とんでもない。上等な道具をたくさん買っていただきましてありがとうございました。心でお返ししたいと考えたものがこんなものになりました。穴糸でちどりがけをする時、ヘミングウェイの『老人と海』の文庫本を入れてやりました。ちょうどよかったんです」

「大変な作業じゃないですか」

「こういうことをやるのが好きなので」

「うれしいですよ」

「帯地一つですから、まだまだ作ります」

戸田さんとの会話は政治の話が多い。二人とも戦争で心の傷を負っているからだ。

戸田さんの家は世田谷で空襲には遭っていないが、食料不足で痩せ細り、体にできた吹出物は弟さんや朋代と同じであった。母上の着物が一枚一枚、食べ物でなくなったのも同じだ。

「私の母が亡くなったのは、私が大学を出てしばらくしてから肺炎で亡くなりました」

「お会いしたかったです」

「会ってもらいたかったです」

「お母様から、織部流をたくさん教えていただきたかったです」

こうして戸田さんとのお付き合いが始まって一年半ほどが過ぎた頃に求婚された。その頃は朋代の心は戸田さんの心にからみついていた。五〇の葉書入れはもうとうに渡していた。

「私の心は戸田さんのお心にそわさせていただいていますが、両親と相談しませんと」

「もちろんです」

父は大賛成だと言ったが、母は戸田さんがいい方なのはわかっているが、朋代を手放したくないと頑として聞き入れなかった。父が母を説得したが、それでもだめだった。父が戸田さんの家に断りの挨拶に行った。

その時、戸田さんが、

「最後にお茶室で朋代さんがたてられたお茶をいただきたいのですが」

「そうしてやってください」

と、と父は言った。

次の日曜日、水屋でお茶の支度をしていると、玄関で父に挨拶をしている戸田さんの声が聞えた。

朋代は茶釜の前に座った。躙り口から戸田さんが入られた。お互にかるく会釈した。

戸田さんからいただいた茶道具をすべて使った。

「けっこうなごふくあいでございます」

という言葉一つだけで、茶室に無言の渦巻く心が絡み合う。

戸田さんが躙り口で視線を交えずに、

「たくさんの心をありがとう」

「私こそ、お心ありがとうございました」

悲しいのに、涙一つこぼれない。

玄関口で戸田さんが「失礼いたします」と父に言ってるのを朧に聞きながら、ごろりと横になりひたすら寝た。

極限の悲しみは泣けないことを知る。織部流が結んでくれた縁《えにし》は消えた。戸田さんは大学で教鞭を執り続けた。

遺言

その後、朋代は別の男性と結婚をした。二人の子どもたちも結婚をし、家をそれぞれ建てていた。現在は二人暮らしだ。

朋代は膝を悪くして正座ができなくなったため、茶道は残念ながら止めざるを得なかった。前から習っていた書道の師範の資格をとり、華道と書道を自宅、出稽古が三か所と忙しく過ごしていた。

六〇代のある日のこと、幼少の頃、恐ろしいほど憎んだ叔母のところの従弟から電話があった。

「母が入院しましたので、いつもの病院です」

　朋代は電話で聞くだけで見舞いに行ったことがない。この従弟は、朋代と年がはなれているので、朋代のことをおねえさんと呼んでいた。そしてついに、

「母が危篤です。おねえさん、きてください」

「あなたには本当に悪いけど、ごめんなさい」

　叔父（従弟の父親）の時には毎日のようにお見舞に行き、危篤の時にはずっとついていた。叔父とは血の繋がりがないのにと従弟は不思議だったに違い。無論、従弟にも恨みなどない。

　夫が花輪を出し、朋代は通夜にも行かなかった。

　告別式と焼場には出席した。従弟の家では葬儀屋が叔母の部屋で骨箱の安置する台を備えていた。従弟が安置すると前に座り、線香を供える。朋代はその従弟を見ていた。朋代は言うことのできない私的な記録のようなものと葛藤していた。すると従弟が、

「おねえさん、こちらの部屋にきてください」

　と、叔父の部屋に連れて行かれた。机も本棚もそのままであった。

「おねえさんが私の父を大切にしてくださっていたこと、ありがたく感謝しいます、毎年祥月命日に墓参りしていただいて」

「それは、あなたのお父さんが人間味のあるすてきな方だからよ」

「おねえさんに、母からの遺言があります。本当のところ、お伝えしようか迷いました。実はおねえさんは……、母が自慢げに大秀才で東大を出て、大会社に勤めた人と私との間にできた子どもが、おねえさんだと伝えてくれとのことでした」

「……」

「おねえさんが子どもの頃『背の高いおじさん』と言えばわかると言っていました。でも私は、本当のお姉さんがほしかったのです。悩んだすえ、お伝えしてしまいました」

「私も同じ、秀才や東大はそんなものどうでもいいことで、『背の高いおじさん』は子どもの心にも人間的にいい人でした……。一度だけ私に声をかけてくれたのよ、戦前から日本が国粋主義で、言論の自由を求めて活動していて、特高警察に目をつけられ、私たちの祖母に大反対されて結婚できなかったということは、なんとなく大人の話で残っているけど、投獄されて獄死したそうです。子どもだったから、うろ覚えですけどね……。人は大切にすること、世界中の人みな大切に、と言っていました。最後に頭をなでてくれたわ。それからそのおじさんに会いたくて、庭で待ってたのよ。でもそれ以来、家にこなかった……。その人が本当の父だなんて、お互に性格が母に一つも似ていない。父親姉弟にしましょうか」

「そうですね」

弟となった敏さん（従弟）と奥さんに挨拶して、この家を辞した。

何という叔母だ。父もまさか遺言として敏さんに伝えるとは夢にも心の中にはなかったであろう。父は永遠に朋代の心の中には「背の高いおじさん」で、拷問による虐殺など、二度とあってはならないことと、朋代の心に植えつけときたかったからこそ調べて朋代に話をしたのだ。

「ただいま」

玄関の戸を閉めた。夫は海外出張で夜になっても誰もいない家だ。

朋代は仏壇の前に座る。朋代の体は全体が棒になっていた。灯りを灯すわけでも、お線香を供えるわけでもなく、自分のすべてが硬直していた。

電話が鳴った。

「朋ちゃん?」

「はい、もしかして西山さん?」

六二歳になった今も、西山さんはいつも朋ちゃんなのである。朋ちゃんでなければ通じない不思議なものが積み重なっていた。

「今度の土曜日、新聞社の僕の部屋へこられない?　大事なことがわったから話したいんだ。一〇時頃こられないかな?　久しぶりに顔を見ながら話したいし、何か出前をとるから一緒に食事しながら」

「よろこんで伺わせていただきます」

朋代の硬直はいっきに解けていた。

朋代の心を固めた時に話ができるのは西山さんしかいない。

西山さんのところに伺う前日、日本橋の室町にある金沢の和菓子店で花模様の和菓子を買いに行った。西山さんの奥様への手土産だ。

何十年ぶりかの再会であった。西山さんは取締役になっていた。

「ご立派になられて」

「とんでもない、僕は会社を転職しました。あれ以来ですけど、手紙のやりとりで、何十年の空白はないよね。朋ちゃんはやっぱり朋ちゃんです。ところで、今日きていただいたのは明治の政治家たちにすごい人たちがいたんだ。あの太平洋戦争が起こらないですんだかもしれないことがわかってね。それを早く朋ちゃんに知らせたくて」

朋代は西山さんのこの言葉に、超然としたものが心にくいこむ。しばし言葉を失くしていた。

「明治三九年に伊藤博文が『満州問題協議会』に西園寺公望、山縣有朋、児玉源太郎、井上馨、大山巌をらを集めて、児玉源太郎大将に対して、満州を新しい占領地のごとく扱うのは徹頭徹尾認め難い！　と言って追及したんだ。そして、児玉大将に対して満州における日本の権利は、講和条約によってロシアから譲り受けたものの、すなわち南満州鉄道と遼東半島租借地以外なにものもない、と言ったそうなんだ」

「東条英機や岸信介にこの言葉が伝わっていなかったのが残念ですね」

「あの連中には、明治の政治家が人間として何を大切にしたかの叡智がないんだ。いつだったか朋ちゃんが手紙の中に、一七歳の時に大学の国文科の助教授が歩きながら『演劇にとってなにが一番大切か』と問われて『わかりません』と答えたとあったよね」

「教えてくださったのは『謙虚さ』でした。年を重ねて、例えば極悪人の役を見事にやってのけた時、演劇という作品を輝やかせるには、根底に『謙虚さ』が必要なのでしょう、そんなことをお手紙に書きました」

「僕は新聞記者だから、記事を色々な角度から見るんだ。その時、ふっと浮んでくるくるのが、『謙虚』という言葉でね、東条英機や岸信介には『謙虚さ』はまったくないんだ」

朋代はこのように糾弾される西山さんが誇らしく、心の中に残った。政治家が持つべき謙虚さは、すべての国民に対してであろう。

「日本はね、ロシアとの戦いで国家財政は破綻状態、膨大な経費を必要とする南満州鉄道を経営する自信がなかったそうなんだ。日ロ戦争中に日本の外債募集に協力したアメリカの鉄道王ハリマンが来日して、桂太郎（当時の総理大臣）に南満州鉄道の共同経営を申し出てきたと言うしね」

「そのお話は、日本にとって渡りに船だったでしょうね」

「それがね、当然で、ハリマン提案に桂太郎、伊藤博文、井上馨は『ハリマン提案というチャンスを逃したら、愚の骨頂である』と力説したという。もちろん、『桂、ハリマン覚書』に合意したとのことだよ。ここからが政治家にとってとても大事なことで、資金面はもちろんのこと、米英から誤解や邪推をされないためにはアメリカの鉄道王を引き込んで、満州問題の根深さを米英に理解させておくのが最善だったんだよ」

「そうですよね、他国から邪推や誤解を受けないために、常に政治家が頭に叩きこんでおかなければならないことでしょうね」

朋代は少し傷ついたリンゴが白い砂に上に置かれ、真赤な太陽に誤解と邪推という傷として、大きく炙り出されている気がした。そんな心を深くしていたところへ、再び西山さんが語り始めた。

「このハリマン提案を外務大臣の小村寿太郎が潰したんだ。首相が相手と覚書まで交わしているものをだよ、僕は驚いたよ。小村外相の考えは『南満州鉄道をアメリカに売ることはできない。満州は日本の勢力下に置くべき』という偏狭な考えで、小村はハリマン提案を潰すために北京に赴き、清国との北京条約に『南満州鉄道の経営は日清両国以外に関与すべからず』との一項を挿入させて、アメリカの参入を封じてハリマン提案を潰してしまったと言うんだ」

「単なるいち外相じゃありませんか、首相たちの意向を転覆させてしまって」

西山さんは憤然として、

「小賢しい官僚的術策だよ。ハリマン提案を潰した日本政府は、明治三九年にアメリカ、イギリスから『満州の門戸は、ロシアの掌中にあった時より、一層閉鎖されている』と注意喚起を受けて、ハリマンは明治三九年に訪米した高橋是清に、日本は今から一〇年以内にハリマン提案を潰したことを後悔する時がくるだろうと警告したそうなんだ。朋ちゃん、この予言が米英の誤解となり、太平洋戦争となって日本人が苦しんだことが三五年後に的中してしまったんだよ。小村は日米衝突の発端となる『重大な誤解の種』を蒔く大失態を犯したことになるんだよ」

朋代の心はたちまち破れた。あの背の高いおじさんが、本当の父だと知らされたばかりだ。

「どうしたの朋ちゃん？」

不思議そうな顔をして聞いた。

「ついこの間、叔母が亡くなり、従弟から遺言状を見せられました。何と叔母と獄死したおじさんとの間にできた子が私なんだそうです。二人は結婚することになっていましたが、祖母が特高に追われる人間と結婚はさせられないということで……」

「そんな……」

「でも、私が六二歳という年齢でなかったら、もっとショックだったでしょう……」

「それはわかるけど……」

少し間があいた。

「でも、いつだか小村寿太郎のことを書いた本を少し読んだことがあるんですけれど、その中で、昔の東大を出て、ハーバード大学のロースクールを出て、イギリス、アメリカ、ロシア、清国、朝鮮の公使や大使を勤めた人だと書かれていました。江戸から明治にかけての人で、我々から見れば遠い人ですが人間的には正直な人なのだそうです」

「その正直というのが、彼の政治家に邪魔をしてたのじゃないでしょうかね。他国の誤解と邪推という、人間のしたたかさを見抜けなかった故に、三五年後の太平洋戦争になってしまったのだから」

さすが西山さんは新聞記者だ。正直とか正義とか、その言葉事態はキレイに見える。正直は視野を狭める。正義は色々な人や物事につく。ヒットラーだって、東条英機にだって、正義がついていた。

「西山さん、年月って怖いものですね、江戸から明治にかけての小村寿太郎が、日本に平和をもたらしたと書かれていました」

「僕も記事を書いていた頃を思い出すよ。年月はよほど調べないと。平和を壊したのは小村寿太郎、その人からと僕の心に焼きついています」

朋代は西山さんの暗い目だけを見ていた。きっと西山さんはあの太平洋戦争で亡くなられた、父上と二人の兄上のことを思い浮かべているのであろう。

「ああ、以前に朋ちゃんから調べてほしいと言われていた、特高警察に捕って亡くなった人のことだけれど、戦前を通じて日本国内、ちょっと待ってね、手帳を見るから。正確な人数を書いておいたので」

朋代の体が再び棒になっている。

「拷問による虐殺八〇人、拷問による獄中死一一四人、病気による獄中死は一五〇三人だそうだよ。そして、戦争に反対した僧侶一二人がこの中に入っていると書かれていたよ」

と、言って手帳をふせた。朋代の実の父もこの中の一人ということになる。

「叔母という人はむごい人で、遺言として残すなら、せめて苗字と名前くら書いておくべきで、このことを私に伝えるだけでも、私を育ててくれた養父母に申し訳ないですよ。私にとっての両親は育ててくれた父母です」

「そうだよね」

「ただ、四、五歳の頃でうろ覚えですけど、実の父に『人を大切にしてね、世界中の人みんなだよ』と言われたことが、私の心の柱になっています」

「朋ちゃんという人から滲み出てますよ。天皇制国粋主義の恐さを、僕はガラスの破片を見ただけで心に刺さってくるんだ。僕が昔、死刑になった人物を新聞記事として書いた時、第四五代の聖武天皇が死刑の廃止の詔書を下したんだ。天皇が国家に対して強い時代もあるでしょうし、影が薄い時代もあるのでそこも調べてね。この時代は天皇を中心とした律令時代の盛期だということで、代々の天皇もその方針を貫き、三七四年もの長い間、死刑が消えたのだそうだよ。聖武天皇は生前譲位をして、仏教の教えを深く帰依されたんだ」

朋代はこの話を聞き、胸の中から沸き上るように、

「日本の国を大切にする、本当の意味で上に立つ人の心ですよね」

と、少し大きな声になっていた。

「その通りだと私も思うよ。拷問による虐殺など死刑よりも惨いものだし。ＯＥＣＤ加盟国の

中で、国家として統一して死刑が執行されているのは日本だけだしね。猛者と言われる検事は死刑執行に立ち会って卒倒したということも聞いたことがあるんだ。僕がいつも心に忍ばせているのは死刑が執行されるたび、当日に大臣が順番で三名ほど立ち会うべきだと考えているんだ」

やはり、記者としての目の落しどころが違うと朋代は感じていた。

このような話をしながら、極上の鮨を出前してもらいおいしくいただいた。話とともに、心から感謝をしている。

外に出ると夕日が傾き、太陽が丸い形を見せてくれている。急ぎ足の人々が影のようにすれちがう。

朋代は空を見上げた。遠い、遠い、遠い空から第四五代聖武天皇がお経をあげながら、虐殺された僧侶一二人の魂に「早くおいで」と手招きされているのかもしれない。

この過ぎ去った世界が捨てられ、忘れ去られることがあってはならない。

思い

武漢市の海鮮市場から広がっていったと考えられていた新型コロナウイルスは、WHO（世界保健機関）が公式に発表している世界最初の新型コロナの症例は二〇一九年一二月八日とされている。そして、グローバル経済、文化的な接触を人々は持ち、コロナウイルスは世界中に広がり、国々を混乱させている。

一四二八年から九五年間続いたメキシコ中央部のアステカ帝国を一夜にして消滅させた疫病が天然痘というものだと調べてわかった。

朋代は一〇歳年下の友人であるジャーナリストの竹井さんに電話をした。

「ああ、そのことですか。アステカ帝国よりもずっと前、七〇一年に生まれて、七五六年に亡くなった第四五代聖武天皇の時代にも天然痘の感染がありました。なみなみならぬ苦労があったということです」

「聖武天皇は死刑を廃止した天皇ということで心に残っていました」

「そうでしたか、それなら仏教徒であったこともご存じでしょう」

「少しですが」

「当然ながら現在のように医療は発展していません。ひたすら仏教に心を捧げるしかなかったはずです。奈良の東大寺にある大きな仏像を残したことも、祈りを捧げるためだったそうです」

「そうでしたか、貴重なお話、ありがとうございました」

と、電話を切った。

聖武天皇は民の命を大切に考えたからこそ死刑制度を廃止されたのであろう。もちろん、医療による延命などは至難という時代である。聖武天皇は全生涯をかけて民のために仏教に帰依されたのだと心に沁みる。

七〇〇年代にどのようにして日本国内に天然痘が入り込んだのかはわからないが、明治生まれの父が天然痘にかかり、顔に吹き出物の跡が残っていたことを思い出した。天然痘は死亡率が大変高く、当時の人たちが世界中でどれほど亡くなったのであろうか。

一九八五年五月、天然痘のワクチンの接種が普及し、根絶宣言が出された。聖武天皇の時代からざっと計算しても一二〇〇年かかったことになる。

聖武天皇の后である光明皇后も仏教に帰依され、悲田院《ひでいん》という施設で貧しい人々や孤児の面倒をみたそうである。その上、体から膿が出ている人のその部分を自ら洗い流したそうだ。並大抵の女性ができるものではないと感じる。

中国の三国志時代、魏の夏侯玄《かこうげん》が楽毅《がくき》（燕《えん》国の武将）について論じた人物論がある。王羲之がこれを記し、楷書の第一書物として重要視されている。光明皇后がそれを模本とし、臨書したとも言われているものが正倉院宝物庫にあり、特別な存在となっている。

これらは後日、竹井さんから手紙が届き、文中に書かれていたことだった。

「竹井さん、光明皇后のこと、このように書かれていまして、うれしいとともにありがとうございました」

「どういたしまして、お役に立てばこちらもうれしいです」

竹井さんの視点は朋代の心まで浸透し、このような友人がいることに幸せを感じている。

王羲之の楽毅については、朋代が書道の専門学校に通っている頃に散々書いたものだった。王羲之よりも光明皇后が書いた模本の臨書が多かったと記憶している。

しかし、光明皇后についてまったく知らなかった。単なる臨書ではあったのだが、王羲之よりも光明皇后の模本に心が惹かれていた。

ある時、書道の師が、次回の授業に使う半切（三四八ミリ×三五〇ミリ）を横にして二センチ間隔でえんぴつで線を引いてもってくるよう指示された。光明皇后の臨書をするというのであった。

あくる日、朋代はそれを持って教室に入った。すでに六〇数名の生徒で席は埋まっており、師のすぐ前に座るしかなかった。学院長である師は、ピリピリと神経を尖らせる方で、いつもよりも緊張が走った。そして、指示した半切に一時間で臨書するようにと指示を出した。

教室はざわついた。一文字の大きさは一五ミリ程度の計算になる。

やがて一人、二人と提出すると、朋代は一時間ぎりぎりの八人目で提出することができた。

後日、師から半切が返却された。そこには順位と点数が記されていた。何と一位、八〇点と明記されている。

「裏打ちして、とっておきなさい」

と、おっしゃっていただいた。

朋代はよいものだからとっておけ、と言ってくれたのだろうと自惚れた。しかし、それはとても恥ずかしいものであった。

光明皇后の人柄も知らず、自分の臨書が薄っぺらなことを知り、師はあえてそのことを知らせるために裏打ちを残すようにと言ったのだろう。

光明皇后と王義之の作風はまったくと言ってもよいほど違う。線の深さ、鋭さ、字形などは光明皇后の慈悲にあふれたようである。

人間は自身に刺さるような強さを持っていないと、多くの人にやさしくすることはできないと、光明皇后の作品から感じる。

竹井さんから久しぶりに電話があった。

「先の香港の報道を見ていたら、朋代さんの人生の一部分が描かれているようでした」

「民主主義のことですね」

「ええ。このことを女性ジャーナリストが昨夜の番組で批判していました。そのこと自体に問題はないのですが、かつて、日本も言論の自由さえ許されなかった日本です。朋代さんの実の父のように、言論統制で投獄され、拷問の上に獄死した事実をしっているのかどうか、これが疑問でした」

「そうですよね。若いジャーナリストでももちろん、勉強はしているのだと思います。しかし、多くの人に知ってもらうためにも、日本の天皇制国粋主義者がどのように考えていたのか、どんなことをしてきたのか、どのような形でもよいので、反省も込めて振り返る必要があると思っています」

「その通りです」

「私の父は、世界中の人を大切にしたいと言って、願って獄死したのですから」

「最も大事なところですね」

竹井さんの心が伝わってきた。

朋代は、実の父が自分の肉体を世界中の人々を大切にしてほしいと願い捧げたのだろうと感じている。そのためには、賢明な政治家が世界中にいて、戦争を起こさないことなのである。

朋代は身が絞られるほど苦しさを味わってきたからこそ、平和について今後も考え続けている。

3章　幼い記憶

心の底

人間の子どもの頃の記憶は三歳ぐらいからのものだと聞いたことがある。しかし、朋代にはこの頃の記憶がまったくない。突然不安にかられて、友人に電話をかけて聞いてみた。友人は三歳の頃から残っているといった。朋代はわずか一歳の差ではあるが、四歳ぐらいからは、はっきり覚えている。

「朋代、炭斗《すみとり》（火鉢や炉に炭を継ぎ足すための道具）をとっておいで」

長火鉢のところに座っていた母が言った。

昭和初期の頃は、夏でも今のように暑くはなかった。長火鉢に炭火を灰でかくすようにして鉄瓶をのせ、常に湯を沸かしていた。

「朋代、聞えないの？　返事をしなさい」

「わかったわよ、今とってくる」

友達の家に遊びに行った時、炭取はそこのおばさんが持ってきていたのに……、何で私が……。

台所から炭が入った炭取を両手で必死に持った。いつのまにか引きずっていた。

「なにぐずぐずしているの」

「だって重いんだもの」

「畳が傷つくじゃないか」

「私の手、お母さんみたいに太くないもの、私の手は細いもの」

「へ理屈を言うようになったね、憎たらしいったらありゃしない」

母は怒り声で言った。朋代にはへ理屈という言葉は年齢的に理解できなかった。母も母だが、朋代も素直でよい子ではなかったことは確かだ。

当時、朋代の家族は、両親と父の妹である叔母との四人であった。長火鉢が少し赤く、鉄瓶の下から見えた。この長火鉢の脇に茶托が一つ置かれている。そこへ髪もばさばさで浴衣を着た叔母が、茶の間に入ってきた。

「毎日、毎日、私の寝てるところにきて、大声で私を起こすんじゃないよ」

「だって、お父さんが朝の一〇時までに叔母ちゃんが起きてこなかったら、起こしておいでって言ったんだもん」

「いちいち口ごたえするんじゃないよ」

朋代の心は叔母への不満でいっぱいであった。叔母は朝食を家族と一緒に食べたことが一度もない。叔母が起きてくると、

「朋代、台所へ行ってパンとバターを持っておいで」

怒鳴るような言い方をする。

「朋代、返事は！」

朋代は大きな声で「はい」とは言わない。

「持ってくるわよ」

と、わざと大声で叫ぶ。

「わざとらしく大声出すな！」

叔母はさらに怒鳴った。

朋代は叔母に怒鳴られるたびに、恐れと怒りを覚えていた。朋代は母も嫌いだが、いないとご飯を作ってくれる人がいなくなることがわかっていた。

朋代はバターをつけたパンが食べたかった。食べたい、食べたいと口とお腹がうなる。しまいには口から涎をたらしていた。叔母はそんな朋代の前で、長火鉢に網を乗せてトーストにしておいしそうに食べている。朋代は叔母のところから立ち去ろうとすると、

「朋代、明日から起しにこなくてもいいからね」

「だって、お父さんから言われているから、お父さんに言われたことはやらなくちゃ」

「私がくるなって言ってるんだから、いちいちこなくともいいんだよ」

叔母は長火鉢のところに置いてあった茶托を朋代を目がけて投げつけた。茶托の縁《へり》が首筋にあたって、朋代は驚きと苦しみで痛み、ギャアギャア泣き叫んだ。

父は医療器械を製造する会社を経営していた。工場の脇に父の部屋があり、そこで常に新製

品を作るための図面を書いていた。距離が離れているため、父に朋代の泣き声は聞こえない。母も買物に出かけていた。でも、母がいたところで朋代をかばってはくれない。朋代の友人たちの母親はみんなやさしい。もちろん、自分の子どもにも、その友人たちにもやさしい。朋代の母親は他人の前ではつくろうが、朋代だけの時には邪険極まりない。父だけはやさしかったことが救いだ。父は人間がしてはいけないことをやさしく教えてくれた。本もたくさん買ってくれた。父が字を教えてくれたので、漢字にはふり仮名がついていればたいがいは読めた。

その日の夕方、

「さっさとお風呂に入っちゃいな」

と、母が言った。お風呂に入った後、朝顔の柄の入った浴衣を着せられ兵児帯を締めてもらった。

朋代は茶の間に行った。夕方の茶の間には誰もいない。叔母に投げつけられた茶托が長火鉢の脇に置いてあった。

四歳という年齢は、おもしろいことを考えるものだ。朋代は叔母に消えてほしいという思いが沁みついてしまっていた。頭の中で茶托が憎たらしいと、自分の首と心をつなげて思うことにした。長火鉢のそばに置いてあった新聞紙をビリビリと大きな音をたてて破った。いくら茶の間で大きな音をたてても台所とは離れているので、夕食の支度をしている母には聞こえない。

破った新聞紙の一枚をぐしゃぐしゃにした。それで茶托を荒々しく包んだ。

朋代は誰にも気づかれないように、茶托を袖に入れてそっとくぐり戸から外に出た。茶托を捨てることを決意したのだった。家の中で捨てればどうせ戻される。朋代の小さな知恵だったのだろう。

近くの文具店の角を曲がると、ちょうど店から出てきた友人の母親と出くわした。

「あら朋代ちゃん、かわいい浴衣ね、似合うわよ」

朋代はにこにこと笑った。とたんにうれしくなり、両袖をあげて朝顔の柄を自慢げに見せた。父が買ってくれた浴衣だ。袂《たもと》が長いので茶托が落ちそうになる。慌てて手に取って袖で隠しながら大通りをすたすた歩いた。いくら歩いても、大通りには捨てるような場所が見つからない。四歳の知恵とはこんなものなのであろう。

今度は床屋のおばさんと目が合った。

「朋代ちゃんどこへ行くの？」

「お友達のところ」

「もう少し経つと暗くなるから、早くお家に帰りなさいね」

床屋のおばさんに言われたことも聞かず、「絶対捨てなきゃ」と焦りながら、キョロキョロと歩いていた。

魚屋と八百屋の間に小さな路地を見つけた。そこへ魚屋のおじさんが魚の骨や身のはし切れを置くと、のら猫が待っていたように群がってきた。朋代はそこにしゃがんで猫をなでながら、人が通っていないところを確認して茶托を路地の奥に投げた。一匹の猫が食べ物と勘違いしたのか、素早く飛んでいった。朋代も早足で家の方へ歩き始めた。少しうす暗くなってはいたが、これが朋代の安堵というものであった。

しばらくすると、父の会社の寄宿舎のお手伝いのおばさんが遠くから見える。このおばさんはいつも朋代にやさしい。

「おばちゃん」

おばちゃんは郵便局の側にあった公衆電話から、朋代を見つけたことを自宅に電話するために電話ボックスに入った。この頃には公衆電話が普及し始めていた。

「お父さんがとても心配してらっしゃいましたよ」

おばちゃんは朋代をおぶってくれた。思い返してみると、これが人の温もりというものだろう。おばちゃんは『夕焼け小焼け』を歌ってくれた。すでに夕方だったにもかかわらず、朋代が一人で出かけた理由は聞かない。家に着くまで夕焼け小焼けがリフレインされた。

「おばちゃん、ありがとう」

「どういたしまして。それにしても見つかって、本当によかった」

「ありがとう」と言った。この時、人に「ありがとう」と言ったのことは初めてだったのではないかと思う。このシーンを心に置いていた。

父からは何かもらったり、何かをしてもらったら「ありがとう」と言うんだよ、と教えてもらっていなかったら、「ありがとう」という言葉を言えない人間に育っていた。それ以来、友達のお母さんからお菓子をもらった時など、「ありがとう」と意識して言っていた。

自宅の台所と寄宿舎の人たちの台所はつながっていた。四人いた寄宿舎のお手伝いさんは、母と叔母と朋代のことをそれとなく感じとっていたかもしれない。

朋代の友達の家ではお手伝いさんを「ねえや」と言ったり、子どもが名前を呼捨てにする、いやな時代であった。父からお手伝いさんをおばちゃん、若い人にはおねえちゃんと呼ぶようにと言われていた。

父は庭に立って待ちかねていた。

「工場の佐藤さんと田中さんと鈴木さんが、あちこち探してくれたんだから、会ったら、ありがとう、ごめんなさいを言うんだよ」と言った。

「はい……」

朋代は素直に答えた。その時、茶托を捨ててきたことについて、悪いことをしたとは思ってもいなかった。あの茶托があれば再び叔母に投げつけられる。その思いだけであった。

家の中に入ると、母と叔母が待ちかまえていたように朋代の悪口を言い始めた。いつものことなのだが、バカでアホだとしきりに言い合っている。バカとアホは朋代にとって正確な意味はわかっていなかったが悲しかった。叔母が、

「あんたの育て方が悪いから、夕方にフラフラ出歩くバカな子が育っちゃたのよ。あんたの子なんだから、ちゃんと育てなさいよ」

「バカな子なのは血のせいでしょ、私には関係ないわよ」

「あんたはいつでも血だ、血だと言うけれど、戸籍があきらかじゃない」

朋代は血と戸籍という言葉について、意味もわからず頭に残っていた。

そんなところへ父が入ってきて、

「朋代の前で何てこと言い合っているんだ」

父はめずらしく激怒した。


母が父と結婚する時、叔母も同時期に結婚する予定だったにもかかわらず、父と叔母の母親(朋代の祖母)の猛反対で破談になっていた。

「こんな小姑がいるんだったら、こんな家にくるんじゃなかった」

これが母の口癖であった。

母と叔母とは顔を合わせれば口喧嘩をしていた。母はそのたびに朋代に八つ当りをした。朋代を叩くのだ。朋代が何をしたわけでもないのに叩く。たまたまそんな折、朋代をおぶって家まで帰ってくれたお手伝いのおばさんが、

「奥さん、買物のおつりと領収書です」

と言って部屋に入ってきた。

「あ、ごくろうさん。そこのテーブルの上へ置いておいて」

母は何ごともないような取り繕い方をしていた。

朋代が大人になって「私は母のサンドバックだった」と思い返すことがある。叩かれるたびに、意地っ張りな負けん気の強い憎らしい心を持つようになっていった。

さらに叔母のことも、いなくなってほしいという思いではなく、消えてなくなってほしいという考えはつのるばかりであった。四歳の朋代の心の中でいなくなることと、消えてなくなることは違っていた。年を重ねた時、朋代は自分の心の中で母と叔母を雲散霧消《うんさんむしょう》させたかったのだ。

数日後、お客がきた時のことだ。母は、

「長火鉢のところに茶托を一つ置いていたんだけれど、朋代知らないかい」

朋代はぬけぬけと、

「知らない……」

と、言ってのけた。

朋代は悪いことをしたとはまったく心に残していない。母はあまり気にもせず、茶箪笥から重ねてあった茶托を一枚取り、お茶を入れて客間に持って行った。だがある時、叔母の友人だ

という男性が五人訪ねてきた。さっそく、叔母が母のところへきて、

「あなた悪いけど、五人分のお茶を持ってきてくださる」

「はい、さっそくお茶を入れて、お持ちします」

と、取り繕いながら母が言った。

いつもこの二人は汚い言葉で罵り合う姿ばかり見ている。人様がくると、こんなにも違うかと上品ぶる二人。子ども心に、異物という言葉は知らなくとも大人になってこの言葉をつなげた。朋代は叔母と母のこんな姿を見るのが身震いするほどいやであった。

「茶托がやっぱり一枚足りないわ、茶托は五枚でひと組みになっているのに」

母は茶箪笥から別の茶托を出して、客間へと運んだ。

「みな様、よくおいでくださいました。ごゆっくりなさってくださいませ」

朋代は、母がこんなにもきれいな言葉が使えるんだと耳にこびりついた。

「これから私たち、大事な話をするから、あなたも朋代も、自分の部屋に戻ってくださいね」

と、叔母が言う。

憤慨しながら、朋代は父に買ってもらったマンガを見ていた。

この年は昭和一三年、支那事変が勃発する六か月前のことだ。日本がどんどん国粋主義化していった時代である。朋代は五歳になった。

言論の自由が許されなくなりつつあり、不安を感じた若者たちが、小規模な集りで方策を論じ合っていた人たちがいた。

叔母は日本女子大の社会科を卒業していた。明治生れの叔母の世代の女性が入れる大学は、日本女子大だけであった。朋代が大人になって、叔母が国の圧力を講ずる人々とともに、いったい何を語れたのであろうかと不思議に感じられてならない。ただ叔母は美人であった。だから男性が集ったのかもしれない。大学で学んだ社会科で一般論は語れたであろう。しかし、叔母には人間愛がまったくなかった。人間のカタチをした、ただのイキモノであった。

叔母の声がする。

「あなた、鰻屋に電話して、鰻重を六人前注文してくださいな」

「はい、わかりました」

大声で母が答えた。

母が鰻屋に注文した後、少し小さな声で、

「自分は朝寝して、働きもしないで、お父さんから小遣をもらっているのに、この鰻代だって自分で支払いもしないいんだから」

と、ぶつぶつ文句を言っていた。

「朋代、お昼ご飯を食べるよ」

「あ、コロッケだ、私コロッケ大好き」

母か刻んだキャベツがそえられている。コロッケは肉屋から買ってきたものだ。寄宿舎の人たちと同じ物だ。

朋代の子どもの頃は、お客がきて店屋物をとっても、家族まではとらない。それが当り前のことであった。戦後、数年が経ってから、子どもの分までとるようになった風潮がある。

その日、父は仕事で外出中であった。母と二人きりの昼食だ。

「朋代、きゅうりの漬物ばっかり食べるんじゃないよ」

「だったら、別なお皿に私が食べてもいい分だけ入れておいてよ」

朋代は母もいらないと感じていた。ご飯は寮のおばさんに作ってもらう。叔母はやはり消えた方がよいと心に焼きつけた。寄宿舎のおばさんがあけたばかりの大釜から立ちのぼる湯気を見た。それがいつの間にか消えていた。このいつの間にか消えた映像が、朋代の屈折した心にこびりついた。叔母の姿のカタチが湯気とともに完全になくなってほしいのだ。

夕方、五人の来客は帰った。

「あんた、お茶ぐらい何回か持ってくるくらい気遣いがないの」

「だって、あんたが大事な話があるから、自分の部屋にいろっていったじゃない」

「だからと言ったって、食事の後くらい気をきかせるもんじゃないの」

「そんなこと言うなら、あんたがやればいいことでしょ」

朋代は、いつまでも終わらない深いぬかるみを歩かされているような気がした。

孤独

自分の部屋で本を読んでいても、荒々しい声が聞こえると耳をふさいだ。

叔母が手鏡に向ってお白粉をパフにつけて叩きつけている。つければつけるほど叔母の顔ではなくなっていく。朋代は心の中で「まっ白け」と叫んでいた。母は「また男のところへ行くんだわ」と、侮蔑的な言い方をした。

消えてほしいと願う叔母は、常にわが家で朋代を支配していた。朋代に山を見せてやりたい、海に連れていってやりたいと言っては、父からお金をもらい、様々な観光地に行った。

「朋代、山を見に行くよ、早く支度をしなさい」

朋代はどこであろうと叔母と一緒には行きたくない。しかし、叔母にはいやとは言わせない力があって「私は行かない」という言葉が口から出てこない。仕方なしに「行ってきます」と、告げる。

「気をつけてな」

と、父が見送ってくれた。

母はケンカばかりする叔母と、素直でない小憎らしい朋代がいなくなることで、ほっとしていしているのだろう。

「箱根に連れて行ってやるんだから、もっとうれしそうな顔をしな」

「うれしくないもん」

と、本音を言ってしまった。

たくさん人が乗ってるバスの中である。叔母はいつものようには言えない。バスで駅まで行き汽車に乗り替えた。朋代は汽車の窓際に腰をかけた。しばらくは家ばかりの景色だったが、畑や田んぼが現れ、木々を見ていた。その間、二人はひと言も話さない。一〇時頃、駅の近くの旅館についた。叔母はおかみさんに、

「空き部屋ありますか」

「ありますけど、午後三時から明朝の一〇時までとなってます」

「追加料金はお払いしますので、現在空いてる部屋がありましたらお願いできますか」

「ではどうぞ、ご案内いたします」

そんなやりとりがあって、部屋に入った。

「温泉は、お部屋の左の方のつきあたりです」

と、仲居さんが説明して出て行った。

その後、和菓子とお茶を持ってきた。叔母はすぐ温泉に入る仕度をしている。朋代を無視して出ていった。出てくると、鏡の前でパタパタとパフで「まっ白け」をやっている。

「朋代、私は友達のところに行ってくるからここで待ってるんだよ。お昼のおにぎり、ここへ置いとくから」

と言って、さっさと部屋を出た。朋代は仲居さんの置いていった生菓子を食べた。朋代は何もやることがない。幼い子どもが一人で温泉に入るわけがない。部屋の中をゴロゴロ転がり眠っていた。しかし、柱時計が何回も鳴るので目が覚めた。一二時だった。朋代はテーブルの上に置いてあったおにぎりを食べた。叔母のために入れてあった冷たくなったお茶を飲み、窓から山を眺めた。父がここにくる前、

「朋代、今は春だから、山の木の緑が同じ緑でも、色々な色があるからよく見てくるんだよ」

と、言っていたことを思い出した。

窓から眺めるだけの木の色だが、黄色がかった色、それをもっと薄くなった色など、父が言った通りだった。

三時のおやつの時間になった。テーブルの上には、仲居さんが叔母の分として置いていった和菓子がまだある。お腹がすき始めていた朋代は少しためらった。だが、朋代を一人だけにしたんだから食べてもいいだろうと、食べてしまった。叔母が五時頃帰ってきた。

「朋代！　ここにあった私のお菓子どうしたのよ」

ものすごい剣幕で怒鳴った。

朋代は、ここで負けてなるものかと瞬時に思い至った。

「叔母ちゃんがいつまでも帰ってこないから食べちゃったわよ」

叔母には、朋代の感情や言葉では通じないものが山ほどある。叔母は自分のバッグをあけて、

キャラメルの箱を出した。すると一個だけ出して紙をむき、キャラメルの箱をバッグにしまった。このことを三回繰り返した。朋代はそんな叔母を目を丸くし唖然として眺めていた。ここまでくると、キャラメルがほしいという思いはどこかに吹き飛んでいた。

夕日の加減か、叔母の姿が煙に一瞬見えた。

夕食が運ばれてきた。朋代はひたすらご飯も食べないで、いく品もあるおかずだけを食べた。

「朋代、ご飯も食べなさい」

「食べない」

「朋代、食事というものは、ご飯と一緒におかずを食べるものなんだよ。おかずだけ食べるのは、品がない人間がするもんだ」

「食べない」

おかずを残したら、叔母に食べられてしまうと、だんだんいやしい子どもになっていた。

その後、数週間経った頃、叔母が朋代を海に連れて行ってやりたいと父に言った。朋代は例のごとく、

「行かない」

「初夏の海は人ごみがなくて、ゆっくり海が見られるからいいもんだよ」

朋代にとって言葉が通じるのは父だけであった。朋代は父から折あるごとに、人間がしなけれ

ばいけないこと、決してしてはいけないことを教えられた。その言葉は素直に聞くことができて、心に沁み着いて離れたことがない。

してはいけないことの中に、告げ口があった。朋代は箱根での出来事を言うことができなかった。大人になった時の朋代は、告げ口といった言葉の解釈が充分ではなかったが、言って良いことと悪いことの分別はなんとなくわかっていた。

「行っておいで」

結局、父の一言で伊豆へ行くことになった。

母を訪ねて、母の従妹である千代さんがよくきていた。千代さんの実家が千葉で、当時は交通網が発達していなくて、千葉から東京の学校には通えない時代であった。母の実家が日本橋であったので、学生時代、母より一歳下の千代さんは、母と同じミッションスクールに通っていた。五年間寝食をともにしたことになる。

縁あって千代さんは資産家のところに嫁いだ。朋代の家にくる時の手土産は、クッキーやチョコレートである。母は千代さんがくると、とても機嫌がいい。おやつの時に食べなと言って半分くれる。母の機嫌のよい時はケチではない。そんな時に伊豆行きとなった。

朋代はリュックサックに父に買ってもらった本と千代さんの持ってきてくれたお菓子をいっぱいつめこんだ。伊豆でも箱根の時と同様に、叔母は着くと温泉に入り、鏡の前でパタパタと顔に「まっ白け」をやって、「私が帰ってくるまで、おとなしく待っているんだよ」と言って出て行った。

朋代は、窓からゆるやかに波が押し寄せる何ごともない繰り返しをぼんやりみていた。そして、朋代の血の中にゆったりとしたものが入っくる心地好さをおぼえた。

旅館に缶詰になっても、本やお菓子がある。炊立てのご飯の湯気のように、すばやく消えてほしい叔母がいないのだ。それでも友達と遊べない朋代は缶詰の中にいる。

朋代は、叔母に連れられた旅先で観光地めぐりをどのくらいしたかわからない。叔母は朋代をダシにして、父から費用を出させていたのだ。そのたびに帰った時には旅先の様子を言うなと口止めした。


時たま、日曜日に図面を持ってくる、背の高いおじさんがいた。父が小型エンジンの設計を依頼している人だと叔母が言った。

「日本で一番頭のよい人が入る大学を出た人なのよ」

朋代にとってはどうでもいいことだ。

朋代が小学生になる一年前、庭で白やピンク色に咲くツツジの花をひらいて蕊《しべ》をさわっていると、そのおじさんが玄関の戸を閉めた。帰るところであった。

おじさんは「朋代ちゃん」と言って側にきた。

おじさんから話しかけられたのは初めてだった。

「朋代ちゃんはお花が好きなの？」

「大好きよ。とてもきれいだからオママゴトにしたいんだけれど、お母さんが花をとってはだめって叱るの」

「お母さんの言うとおりだよ。お花も朋代ちゃんと同じように生きているんだからね。世界中には色々な国があって、様々な人がいるけれど、みんな大切にするんだよ」

おじさんはしゃがんで、朋代と目を合わせた。

「人にはみんな、やさしくしてね」

「わかった、私忘れない」

「ありがとう！」

と、言って頭を優しくなでてくれた。

「朋代ちゃん、さようなら、元気でね」

「さようなら」

朋代は不思議とこれまで感じることがなかった、自分の心の中が大きく広がって輝いているような喜びを感じた。

この日以来、おじさんがくることはなかった。モーターの設計が終ったのだろうか。

「朋代ちゃん、さようなら、元気でね」

おじさんの言葉が、青空に浮ぶ白い雲を見るたびに、朋代の脳裏をコロコロ転がって、すとんと心の中の襞《ひだ》の一つになった。朋代はこの襞をいくつ作ったかわからない。朋代は大人になって、この執着心の原因を思ってみることはなかったが、世の中というものは、重ね重ねた年月の後でなければ、何一つ本当のことなどわかるものではないと考えるようになった。

憎悪と光

暗い夜の気配が感じられるひっそりとしたある日のことであった。突然、父の大声が聞えてきた。

「私は朋代を情緒ある子に育てたいんだ。だから、あんたが山を見せてやりたい、海を見せてやりたいと言えば金を出してきたんだ。朋代を旅館に閉じ込めて、自分勝手な恥ずかしいことをして……、この後始末をさせるのか……。いくら婦人科医が親戚だからといって、法に触れることをしてもらうのだ、それなりのお礼を払わねばならないだろうに……」

当時の朋代には意味がわからなかった。

朋代の成人の日、母が叔母について語った話は醜悪で不気味でさえあった。

叔母は結婚もしていないにもかかわらず、女学校を卒業をするとすぐに姉の家で出産したそうだ。当時は母子手帳がなかったので、子どものいない家に実子として出生届が出されたという。朋代の父が大学を卒業して就職して間もなく、父（朋代の祖父）が亡くなり、父は叔母の親代わりとなった。先々を案じた父は、叔母を日本女子大に入学させた。

その頃は避妊具もなかったし、子どもを堕胎することが法律上禁じられていた。なのに、何回堕胎したかわからないという。いくら身内に婦人科医がいたとは言え、叔母自身の肉体を傷つけないわけはないであろう。そうまでして、セックスに執着する肉体を持って、この世に生を与えられたのであろうか。

叔母は朋代から見ても美人であることには違いない。男性とお付き合いしても結婚までには至らず、ただの道具で捨てられるのは、心を通わせる熱い心を知らない女性だからであろう。

朋代は叔母との血のつながりに醜悪と葛藤し、不気味な心の呵責《かしゃく》で息がつまりそうな不安に陥る。朋代はそれを心に入れまいと必死でもがいた。子どもの朋代には、このような背景があった。

朋代の家は平屋建てで庭があった。隣りが父の会社で働く工員たちの寄宿舎があり、その人たちの世話をするお手伝いさんの部屋があった。

ある冬のことであった。二メートルぐらいのドブ川を境界にして、機械工場、組立て工場、塗装工場があった。塗装した製品を乾燥させる乾燥場の下に、ドブ川から地下に潜り込んだ大蛇がいた。その大蛇がドブ川へ首を出したという。六人ぐらいの工員たちで直径一五センチ、長さ三メートルもの大蛇を引きずり出して、母屋の方へ持ってきた。

「この蛇、どうしましょう」

と、聞く。たまたま父の母（朋代の祖母）がきていた。

「蛇は会社の守り神だから、元に戻してきなさい」

「わかりました。この蛇、運のいいヤツだ。ドブ川だから、ネズミがたくさん蕃殖するし、水にも不自由しないし、こんな冬は乾燥場の下に潜り込めば暖たかいし」

工員たちは、大蛇をドブ川へ放した。朋代は叔母の次に蛇が大嫌いだった。工員たちが殺して、どこかに埋めてくれるとばかり考えていたので、背中がぞくぞくした。朋代の身近かに、身震いするほどの存在が一つ増えてしまった。一人と一匹である。この一人と一匹に通じるものが朋代だけあるのだ。祖母は父に、

「ドブ川に御神酒を一瓶、捧げて流しなさい。蛇を傷つけているかもしれないから」

昔気質の祖母の考えを朋代は否定はしなかった。会社を守ることは、ここで働いている人を守ることだ。まだ子どもの朋代に、こんな風に考えさせてくれたのは、美しい筋道を持つ父と、正反対の母と叔母の姿を見たからだと大人になった時に気づいた。子どもでも、正悪を飲み込んで歪になろうとも、不合理を照してくれる光源さえ手放さなければ、歩む道を与えてもらえると今でも心の底にある。

朋代は大蛇の感触を忘れようと自分の部屋に入った。

恋愛結婚しかしないと言っていた叔母。

ある日の父は、

「もう、あんたには我慢ができない。お見合相手を決めてきたから、その人と結婚しなさい。あんたにはもったいない人だ。もし結婚しないなら、自分で仕事を見つけて一人暮しをしろ。もうこの家には置かないから」

と、父のいつにもなく激しい語り口であった。

「相手の人に会ってみなければ……」

「相手の方には、もうあんたの写真を渡してある。うちよりも大きな会社の社長だ」

「……じゃあ、会わせてちょうだい」

話はとんとん拍子に運び、一月にお見合いをして、翌年の一一月に結婚式を挙げることになった。父は祖母を呼んで大金を渡した。

「お母さん、これで、嫁入り仕度をしてください。足りなければ追加します」

「ああ、これで十分だと思うわよ。それにしたって、着物はあなたから買ってもらったものがたくさんあるし」

祖母と叔母は、嫁入り仕度のために出て行った。

朋代はそれを見ていて、母の様子の急変を見た。無表情にだんだん怒りを込めていく表情だ。その日は日曜日で、父は俳句の会に出かけ、寄宿舎にいる工員さんやお手伝いさんは、自宅に帰っていて誰もいない。朋代の心に異常が走った。子ども心にも、母の固った表情の始末が自分に向かってくる予感、この場を去らねばと。

「友子ちゃんのところに遊びに行ってくる」

朋代は部屋を走った。

「朋代！　部屋を走るなと、何度言ったらわかるの！」

いきなり横抱きにして朋代の尻を思いきり叩いた。

母は几帳面で洗濯物をたたむにしても、小包みを作るにしても、一糸乱れぬ見事さを持っている。しかし、その几帳面さが邪魔をして心に余裕がない。おそらく父の大金は自分のものでもあり、その大金が叔母のため使われることが許されなかったのであろう。

母自身だって両親とも健在であったから、明治生れの母の時代、シンガーミシン（当時高額であった）まで嫁入り道具として持ってきた。母の自慢だった。叔母にとって朋代の父は父親代わりだ。この余裕のなさが不満をたくさん溜めてしまい、ヒステリックになるのだろう。叔母との口争いで、ますます母の心を歪にしたのかもしれない。母のヒステリックな心の捌け口は朋代に必ず向ってくる。

「朋代！　お前くらいバカな子はいないんだよ、アホウのかたまりだ」

いやというほど叩く。

朋代は、あまりの痛さで泣き叫ぶ。泣くほど痛いのだから、母の手も相当痛かったはずだ。でも母のヒステリックな感情は痛みをなくす力を持っていたのかもしれない。すっかり素直さをなくしていた朋代は、

「お母さん……、アホウって何よ……」

「バカの何十倍もバカだっていうことだよ」

朋代は母の心に火をつけてしまった。

母は朋代をいったん降ろすと、抱えなおして外へ出た。母はドブ川へと走る。朋代の心に一匹が飛び込む。朋代はギャギャ泣きながら、

「ごめんなさい！　ごめんなさい」

と、泣き叫んだ。朋代は行きつく先がわかった。案の定、塗装工場の乾燥場であった。冬である。大蛇は温みの残った乾燥場で、とぐろを巻いているのであろう。母はそこへ朋代を投げ入れた。母が外から鍵をかける音がする。朋代は戸を自分の手が折れそうに叩く。

「あけてちょうだい！」

母はもう家の中だろう。いくら戸を叩こうがわめこうが聞えはしない。

「私、今日からバカの何十倍もバカなんだから、オモチャも片づけない。洗濯物もたたまない」

と、叫んだ。

だが、叫んだ後がいけない。とぐろを巻いていた大蛇が、少しずつ近づいてくるような気がして震えが止まらない。大蛇がこの乾燥場に入ってくることはないとわかっていたが、どうしても震えが止まらない。

朋代は扉を背に足を投げ出した。震えているうちに幻覚なのだろう、三つの角から大蛇の首が三つ見えた。その途端に卒倒してしまった。

どのくらいの時間がたったのかわからない。母が鍵をあけた時は寝ていた。周囲はおしっこだらけで寒さで震えた。母は父や祖母、叔母の帰ってこない頃を見計らってきたことは確かだと思われた。

「こんなに、おしっこしちゃって、さっさとズボンもパンツも脱ぎな」

ぬれたところをふいてる母を、朋代は震えながら見ていた。

「お父さんにも叔母ちゃんにも、おばあちゃんにも言うんじゃないよ」

この言葉は叔母からもよく聞かせられた言葉だ。朋代はみじめという言葉は知らなくとも、誰かに言ったら、自分の心が壊れるような、情けないような感触を持っていた。母に風呂場に連れて行かれた。現代のようにシャワーなどない。

「朋代、パンツとズボンを持ってきてやったから、これを着な」

朋代は返事をしなかった。

「朋代、返事は」

朋代は返事もしないでパンツとズボンをはく。寒くて言葉が出ない。朋代は自分の部屋に戻りセーターを二枚着た。こうして朋代は図太くなっていった。もう母が何を言おうと構うことは少なくなっていったような気がする。その後、震えが止まらないので布団を敷いて寝ることにした。母が朋代の部屋に入ってくる。

「朋代！ 夜でもないのに、何で寝てるんだい。私へのあてつけか」

朋代は何を言われようが、体が熱いのに震えが止まらない。

「お父さんや叔母ちゃん、おばあちゃんに言うんじゃないよ」

朋代は、父から人にやさしくする内容の本をたくさん買ってもらって読んでいた。それらが心の中に重く残っていた。そのため、叔母や母のすることを父に伝えることは、父が悲しむことを知っていた。そのうちに気が遠くなった。朋代は、父の声で目が覚めた。

「早く体温計を持ってこい」

父に計ってもらうと、

「四〇度を越えているじゃないか、これは大変だ」

日曜日だったが、懇意にしている内科の先生に診てもらえるように電話をした。そして、すぐにタクシーを呼んだ。今でこそマイカーは当たり前だが、昭和初期に自家用車など、雲の上のような生活をしている人しか持っていなかった。父は朋代を毛布でくるみ、医者のところへ連れていった。

「朝、何でもなかったのに、どうしてこんなに高い熱が出たのかわかりません。子どもは高熱が続くと脳膜炎を起こしていることもあるので注意してください。今回は脳膜炎の心配はありませんから注射をしておきます。薬を三種類出しておきますので、オブラートに包んで飲ましてください」

先生は朋代の背中をやさしくなでた。

「心配しないで。寝ていれば治るから、すぐにお友達と遊べるよ」

朋代は安心した。

「明日往診して、注射を打っておきましょう。その方が安心なので」

「先生の休日のところを、ご迷惑をおかけしました。よろしくお願いいたします」

家に着くと、叔母は自分の部屋に戻っている雰囲気だが顔を見せない。母は父に言ったのではないかと、びくついたような不安をしのばせて固った顔をしていた。

翌日、朋代は注射を打ってもらい、いくらか楽になっていた。

朋代は今回のことを誰にも言わない代わりに、根性がすっかり悪くなっていた。というよりも、ひん曲がったと言った方が妥当かもしれない。

快復した朋代はオモチャを片づけない。洗濯物も畳まない。母にいくら叩かれても、自分の手も痛くなるんだと思えば何とか耐えられた。

母に「あれを持ってこい、これを持ってこい」と言われても「イヤ」と言って従うことはなかった。父がそばにいる時だけ従っていた。子ども心で母に仕返しをしているつもりだった。それにしても、子どもにこのような心を持たせるとは……。

叔母は結婚が決まり、相手も叔母が美人なので、ねだれば何でも買ってくれるそうだ。まだ叔母はボロを出していないのだろう。女子大出ということもあり、何より美人。叔母にとっても金持ちでハンサム、何も言うことはないのだろう。

叔母は毎日上機嫌、朝も早く起きて私たちと一緒に食事をするようになった。そして朋代にまったく無関心になった。もっと言えば、叔母は朋代の存在を無視していた。朋代と口を聞くこともなければ、部屋や廊下ですれ違う際、何やら汚いものを避けて歩くようだった。

朋代は湯気のように消えてほしいと思っていたのだから、対応は喜ばねばならない。だが、散々朋代をダシに使い、母との口喧嘩の渦中に置き、無視はないだろうとも感じていた。朋代の本心は、叔母を煙にしたかったのだ。まだ幼い朋代の心の中は、殺人願望と同じことになってしまう。子どもにこんなにも恐しい心を植えつけた叔母の罪は重大である。

雨の降る空をいつまでも見つめていた。きっとこの空の上にはたくさんの星が輝いているのだろう。その時の朋代の心は、空を小さく区切って、一つの星を描いていた。小学一年生になっていた朋代はその星に会いたい、会いたいと、降る雨を疎《うと》ましく感じていた。

いつもは授業を聞いているのに、その頃は上の空だった。音楽室からピアノが聞こえてくる。いつもなら雑音であった。しかし、この時は違っていた。心の世界が違っていたのかもしれない。音楽が心へ沁みたということは初めての経験だった。大人になってわかったことだが、会いたい星を与えられて、心の輝きを一つ増やすことができたのであろう。

出会いと別れ

昭和一五年、朋代が七歳の時のことであった。

母の従妹が千葉の外房の浜辺の近くで旅館を営んでいた。その人が朋代と従兄の佳君を夏休の八月いっぱいあずかってくれるということになった。

佳君は小学四年生。朋代たちは上野駅で待ち合わせた。母は朋代に圭君は年上なのだから、お兄ちゃんと呼びなさいと言った。初めて会ったお兄ちゃんは背が高い。お兄ちゃんの母親と私の母は一晩泊まって、一か月分の代金を払って帰って行った。お兄ちゃんは隣の部屋だった。二人の世話をしてくれたのが旅館で働いている一八歳になるミッちゃんというお手伝さんであった。

浴衣を着て赤いタスキをかけ、よく働く人だった。ミッちゃんは漁師の娘で、二人に小さなタモ網を作ってくれた。近場の海岸は岩があり、潮が引くと岩の間に海水が残っているところがたくさんあると言う。ミッちゃんがフチの欠けた小ぶりの鉢を二つ持ってきてくれた。

「岩場に着いたらタモ網ですくって、これに入れたらどう」

佳君と潮が引くと岩場に行ってみた。

「朋代ちゃん、こんな小さなタコがいるよ、見てよ」

「本当だ、こんなに小さくてもたこなのね、私、初めて見たわ。小さな魚がいるわよ、横に縞模様があるわ」

「お魚屋さんにこんな横縞の魚、売っていないよね」

二人は騒ぎながら、見たことのない小さな魚たちをすくいあげた。

「これで学校に出す絵日記を書こうよ」

二人は小魚で頭がいっぱいになっていた。

「僕の部屋でいっしょに書こう」

二人とも兄妹がいないので急速に仲良しになった。

日によって、お兄ちゃんと私で採れる数が違う。色鉛筆とわら半紙はたくさん持ってきていた。朋代は絵が下手だった。

「朋代ちゃん、そのタコの絵、下手くそだなあ、僕が書いてあげるよ」

朋代はお兄ちゃんに上手に書いてもらった。そして感想文を書いた。ある時、お兄ちゃんの書いたタコの絵の形がおかしな恰好をしていた。朋代は声をたてて笑いながら、

「お兄ちゃん、このタコ、変な恰好」

「ああそれね、毎日同じ恰好じゃあ、つまらないだろ、それ岩にへばりついていたタコの形だよ、おもしろいよね。脇に岩にへばりついたタコと書いとけば」

「そうだわね」

タコと魚は海水に入れておいても死んでしまうので、毎回二人で海へ戻した。その後、二人で泳いだ。お兄ちゃんは泳げたが、朋代は浮袋がなければ泳げない。お昼頃に戻ると、ミッちゃんがお兄ちゃんの部屋へ食事を運んでくれるので、一緒に昼飯を食べる。この旅館を営んでいる母の従妹の父親が網元で伊勢海老の養殖をしていたので、おいしいものがたくさん食べられた。午後はそれぞれの部屋で宿題をして昼寝をした。

夕ぐれ時、お兄ちゃんと並んで海辺の砂の上に腰を下ろし、残照がしばし停帯しているのを見た。すると、この地が太平洋に面する外房なので、夕方になると波が高くなり飲み込まれそうな感じになる。そろそろ夕食の時間になった。

「帰ろうか」

「帰ろうね」

このような繰り返しが一か月ほど続き、東京にいる母親たちが迎えにきた。

私はお兄ちゃんと別れるのがさみしかった。兄妹のいないお兄ちゃんも、きっとさみしかったのかもしれない。

「来年も会えるといいね」

と、お兄ちゃんは言った。

二人でミッちゃんに「さよなら」を言った。ミッちゃんは「また、きてね」と、言った。

ここにくる時も同じであったのだが、昭和一五年、この頃は蒸気機関車であった。窓には鎧戸がついていて外は見えない。海が見えるところは鎧戸を開けることができない。家並や畑など海が見えなくなると車掌さんが、

「鎧戸を開けてください」

と、言いながら車内を歩いていた。

この年のあくる昭和一六年の一二月に大東亜戦争が勃発した。日本国民の多数が知ることがない事実が数多くあったのであろう。おそらく海にはたくさんの軍艦が係留されていたのであろうと推察される。現在のように車内に冷房が入っている時代ではない。汗がひっきりなしに顔を流れる。乗客はハンカチを濡らしていた。

開戦後、戦況は厳しくなり、同じ東京でも距離が離れていたので、お兄ちゃんとは二度と会うことはなかった。

会いたい、会いたいと思うと心が痛かった。あの時のピアノの曲が心に沁みたことは、朋代

のお兄ちゃんへの初恋だったのであろう。

朋代が八〇歳なった時、お世話になった母の徒妹のところへ行った。自分の年齢から考えれば、もう亡くなっているだろうと、心をのせて仏壇に線香をあげさせていただこうと考えたからだ。やはり仏壇の中におられた。旅館は母の従妹の息子が跡を継いでいた。

「あの当時、ミッちゃんというお手伝いさんがいて、お世話になったんですが……」

「ミッちゃんは結婚することなく、ずっとここで働いていたんですけれど、認知症になってしまい、施設に入ってそこで亡くなりました」

と、聞くことができた。

あの頃、お兄ちゃんが、

「ミッちゃんて親切でやさしいけど、時々意地悪するよね」

と、言ったことを思い出した。

「私もそう感じたことが何回かあったわ」

しかし、八〇歳になった朋代には、どんな意地悪をされたか思い出せない。

ミッちゃんは一生をかけて良くも悪くも多くの人と出合い、人間というものを知り、すばらしい道を歩いた人生だったと思いたい。

浜に出てみた。数々の岩があったのに、一つもなくなっていた。水泳をするために全部壊したのだそうだ。あの小さなタコや小さな魚はどこにいってしまったのだろうか。

昭和一五年、一一月に叔母は結婚して、わが家から消えた。しばらくの間、母は腑抜けのようになり、頭の中でしきりに何かを取り戻すように庭を眺めていた。すっかり葉のなくなった、もみじの太い幹を飽きずに眺めている。口から出てくる言葉は、「おはよう」、「おやすみ」、「いただきます」、「ごちそうさま」の四つの言葉だけになった。朋代も同じだった。

母は両親から愛され、言葉使いも厳しく育てられたのだと父から聞いたことがある。叔母という矛盾の化物のような存在に出会い、隠すべき心や言葉の美しさ、子どもがやってはいけないことなど、人間の心の柱をへし折られた。矛盾の化物がいなくなった時、これまでの自分がの行為に、さいなまれているのかもしれない。朋代は母のそばに近寄らないようにしていた。

しかし、朋代の曲ってしまった心は動いてはいない。父にたくさん買ってもらった本だけは片づけたが、その他はほったらかしである。朋代の小さな心は、父には心配はかけまいとするものだけであった。

矛盾の化物と一緒になって聞きぐるしい言葉を使ってきた母は、化物がいなくなってほっとした、という思いは微塵もなかったのかもしれない。それよりも、叔母の見苦しい世界の中に自分自身が組み込まれてしまっていたことを悔いているのかもしれない。母の頭の中には実家にいた時の、ごく当り前の会話が浮かんでいるのであろう。

母は五人姉弟の一番上で、父が母の実家に行くと、母の弟が「お姉ちゃんを返して」と言われたことがあるらしい。弟たちの面倒をよくみていたのだそうだ。

このような母の心の混乱は一、二か月では治まらなかった。父は食事をすれば自分の仕事部屋に入ってしまうので、気づかなかったのかもしれない。四か月を過ぎた頃、朋代は唐突に背の高いおじさんが言った「人にはみんなやさしくしてね」という言葉が浮かんだ。

母の心の中に深く埋れていた怨恨、自分がしてしまった行爲の汚れ、実家で過してきた郷愁が入り混り、生きていること自体が冷酷になり苦んでいたのであろう。朋代は大人になって、母の四か月をこのように考えたのである。

子どもの朋代には、母が壊れてしまいそうに感じられたから、背の高いおじさんが言ったことが思い出されたのであろう。

その後、朋代は母のそばに行き、折り紙を手にした。

「お母さん、私、折り方を少ししか知らないから教えて」

細い指で折り始めた。

「これ百合の花だよ」

朋代を見た母の目がやわらかく光って見えた。

「私にも折り方を教えて」

「いいよ」

朋代は母に教えてもらった。

「ああ、もう夕飯の支度をしなくちゃ。明日はお手玉をたくさん作ってあげるよ」

「お母さん、ありがとう」

朋代は素直な言葉が出た自分に驚いた。

母にひそかな笑みが見えた。


やはり叔母は人間の形をしただけの矛盾の化物であったと確信している。

この叔母を育てた祖母も父も父親がいないので甘やかしてしまったところはあったかもしれないが、父の家族に矛盾した化物は一人もいない。叔母の全身が性欲である肉体的な欲望にすべて支配されて心がない。すなわち、愛や情感の中にある思いやりなど毛筋ほどもない。大学で学んだ知識も、心に寄り添う解釈は何もできていないであろう。表面はその場、その場で繕って生きてきた。無論、自尊心が入る余地さえなく、すべて肉体的な欲望に奪われていた。恥は蹴飛ばしていた。

朋代の心の中に大きい、強い沈黙がしっかり根を降ろした。自分自身のための沈黙である。この沈黙は朋代に一つのものを呼び覚ましていた。

朋代は叔母とのかかわりの中で、人生の入り口にすぎない短い時間に対して、何回殴り続けたかわからなかった。

4章　その後

阿閦如来

朋代の強い意志をここに書いて残したい。

明治の政治家の視点の確かさにまず驚いた。朋代は満州とは日本の領地だと心にあったからだ。明治の政治家伊藤博文（内閣総理大臣・四回）が『満州問題協議会』に西園寺公望（政治家、教育者）、山縣有朋（政治家、軍人）、井上馨（政治家、実業家）、大山巌（陸軍軍人、政治家）児玉源太郎（軍人政治家、日露戦争に満州軍総参謀長、戦後に参謀総長）、これらの人々を集め、児玉大将に対して満州を新しい占領地のごとく扱うのは徹頭徹尾認め難い、と言って追及した。

児玉大将に対して満州における日本の権利は講和条約によってロシアから譲り受けたものの、すなわち南満州鉄道と遼東半島租借地以外に何ものもないと、伊藤博文が言い切ったということを、新聞社の西山さんが調べて、朋代に教えてくれた。

これでこそ政治家であろう。昭和の総理大臣にいたであろうか。つい最近それを感じたばかりである。

これも西山さんが調べてくれたことであるが、日本はロシアとの戦いで、国家財政は破綻状態、膨大な経費を必要とする自信がなかったそうだ。日露戦争中に日本の外債募集に協力したアメリカの鉄道王ハリマンが来日して、桂太郎（当時の総理大臣）に南満鉄道の共同経営を申し出たという。ハリマンの提案に桂太郎、伊藤博文、井上馨は「ハリマン提案というチャンスを逃したら、愚の骨頂である」と力説したと言う。無論、「桂、ハリマン覚書」に合意した。しかし、外務大臣の小村寿太郎が潰したという。小村寿太郎という人は正直な人だったという。正直というのはそれがゆえに視野が狭くなると、西山さんは言った。資金面はもちろんのこと、朋代が強く感じたのは、米英から誤解や邪推をされないためにアメリカの鉄道王を引きこんで米英に理解させておくことは大切なことであったのであろう。正直な小村寿太郎には見ることのできない世界なのだと朋代の心に残す。

ハリマンは、明治三九年九月に訪来した高橋是清（江戸生れ財政家、政治家）に対して、「ハリマン提案を潰したことを、今から一〇年以内に後悔するときがくるだろう」と警告したという。この予言、米英の誤解となり、太平洋戦争として三五年後に的中する。小村寿太郎が、日米衝突の「重大なる誤解の種」を蒔くという大失態を犯したことは、太平洋戦争に巻き込まれた人々に数限りない悲惨さを与えた。原爆、空爆の凄惨さ、小村寿太郎がいなければ明治の政治家は真実を掴むことができ、国家財政の計算もできる。他国の誤解と邪推をされないことをしかと頭に入れている。朋代は、このような明治の政治家は〝頭のいい人〟だと心に入れている。

二〇二一年、インターネットで小村寿太郎を調べると「日本に平和と繁栄をもたらした、近代外交を体現した明治の人物」という評価があった。朋代は怒りで心がいっぱいになった。小村寿太郎が例え幻としても、太平洋戦争の戦犯で死刑であろう。

なぜ、インターネット上でこのような評価がされているのだろうか。明治の時代に、ハーバード大、東大、ハーバードロースクールを出ているからであろうか。

彼のプライドが南満州鉄道をハリマンとの共同経営が許せなかったのだろう。上位の大学を出るということは、頭がいいからだとは朋代は感じとってはいない。彼は学校の成績がいいだけに留まっている。学校の成績のよさだけに留まる人と、真の頭のよさへ導く人がいるのではなかろうか。社会に出て生きて行くということは計算できなければならない。誤解や邪推を受けない注意もせねばならない。その判断ができることが、真の〝頭のよさ〟だ。

朋代の養父も、実の父も、地に足をつけて一番下から、初事を見る人であった。朋代はそのことを誇りに感じとっている。

朋代は一〇年ほど前に死刑について調べたことがある。死刑囚にも人権があるから「殺すな」と言っているわけではない。人が人を殺した時点で人権は本人自身が放棄したものであると認識している。

あらゆる階級の人間が、人間を殺す残忍さを心の底に染み込ませれば、少しでも戦争を回避させる方向にもっていけるのはでないかと、淡い期待を抱くからだ。

最も怖いことは、国家の大義名分のもとに、為政者が命を捧げるという思考回路を若者たちに植えつけることだ。そのために、相手側の人間の「命」をも奪うことになるのは当然の結果だ。私たちの年代の人間はイヤと言うほど、それを見てきた。

四五代聖武天皇は、本格的帝王教育を受けたという。講師の一人として神亀三年（七三一）から数年間、山上憶良が講義をしたそうだ。憶良は遣唐小録を生かし、最新の唐の律令制（律は刑法、令は行政法）（行政法は国家および公共団体とその所属人民との関係を定める法規）や仏教文化、漢籍（中国の書物）などを講義したという。

日本の歴史の中には死刑廃止時代がある。死刑廃止を打ち出したのは、この聖武天皇であった。神亀二年（七二四）一二月、死刑中止の詔書を下した。

法で死刑を禁じたのではないが、代々の天皇もその方針を貫いて行なったのだそうだ。以来、三四七年の長きにわたって死刑は消えた。

聖武天皇に講義した山上憶良、天皇の騎馬隊員であった大伴家持らは万葉集の歌人《ウタビト》たちである（家持、のちに越中の守となる）。近代ではないだけに、奇跡にさえ考えられる。

聖武天皇の皇后である光明皇后は、貧しい病人に施薬、施療した施設、施薬院を建て、貧窮者や孤児を救うために悲田院を設定したと言われている。ある時、身体中が腫れて臭気に満ちた病人の膿を光明皇后が吸うと、その病人の体がみるみる美しくなった。光明を放つと、忽然と消えてしまったという。これは阿閦如来《あしゅくにょらい》であったと言われる。この阿閦如来は、物事に動じず、迷いに打ち勝つ強い心を授けるとある。

朋代は常に自身が強くなければ、人様にやさしくなれないと深く心に入れている。ただし、朋代は徹底的な無神論者である。すなわち、神も仏も知らないということである。子どもの頃からお寺が暗くて仏像が恐かった。大人になって、葬式に高額なお金をとられ、真の仏教を知る機会がなかった。

朋代の夫の会社が倒産し、六畳と四畳半のアパートにいた頃、隣の部屋に山田さんという人がいた。彼女は東北の生れ、美しい女性でかわいい男の子がいた。この山田さんは中学を卒業すると、東京で和服の刺繍をする寮のある会社に入社した。しかし、三年後にこの会社が倒産した。東京に親戚もなく、東北に帰る電車賃もなく、水商売に入った。そこでやくざ者にひっかかり、女としては悲しい夜の商売をしていると話をしてくれた。子どもを寝かしつけてから夜に出かける。夜中に子どもが起きて泣きながら戸棚の中まで母親を探す音が聞こえる。

「文男君、お母さんはお仕事だから、おばちゃんと一緒に寝よう」

と、いつも二人で寝た。素直ないい子である。

「ご迷惑かけちゃって……」

と、この山田さんは言うが、人間が生きるにはお互い様だと朋代は自分が生きてきた道を語る。

山田さんは一六人の子どもをおろしたと言った。私も一人っ子だったため、三人ぐらいはほしいと妊娠したが、夫の会社が傾きかけて一人おろしている。

山田さんは働いてお金をため、朝の四時頃に帰ってきて、仮眠してから文男君を保育園に預けて、針灸師の資格をとるため専門学校に通っていた。

ある日のこと、山梨県身延山にある久遠寺《くおんじ》から、千葉県の市川市の寺にやってくる修行僧のお坊様いた。お経をあげてもらえるので一緒に行かないかと言われた。山田さんは一六の位牌を作り、毎朝拝むよう言われているのだ。朋代も位牌を作らねばと、連れて行ってもらった。

このお坊様は私の顔を見ると、山田さんのことを、

「この（女の子《こ》）は、いい子だよ」

と、おっしゃられた。それがとても温かった。

「私も心底、そう感じています」

と、答えた。しばしの無言がこの場の空気を探した。

このお坊様は朋代が子をおろしていることは何も言わないのに朋代の顔を見て、

「何もさわっていることはありません。お経をあげてあげましょう」

と、言われた。朋代は、きっちりと正座をした。お経を唱えられると、朋代の体がそっくり返ってくる。特別大きな声でも、粗々しい声でもなく、強いて言うとしたら仏教に深く帰依されれ、修行し続けている内面のお力だろうか。

朋代はお坊様にお経をあげていただいている間、そっくり返るのを必死に耐えた。「ありがたさ」をお伝えさせていただいた。お坊様は、

「この寺は、万葉集の時代からある長い歴史を見てきた寺です。たまにはお出かけください」

と、おっしゃられた。万葉集の時代と言えば、仏教に帰依され、死刑を廃止した聖武天皇、

そして光明皇后が思い浮かぶ。仏教に帰依され、病人の膿を吸うという人間を大切にする極限で阿閦如来にかかわった方だ。お坊様のお経で反り返った朋代はそのことが真実になった。朋代をこの寺に連れてきてくれた山田さんは、近くに友人がいるのでそこに寄って行くと言って寺を出た。朋代は万葉集の時代へと心が誘われ、あてどなく光明皇后のお心のすごさの中で歩いていた。

時計を見た。一時間を過ぎていた。向うから歩いてきた女性に、

「駅はどこですか」

と、訪ねた。その女性は、後ろを振り向き「ここをまっすぐ行ったところです」と、教えてくれた。朋代はその方にご挨拶して、そのまま歩いた。

駅が見えてきた。銀行が見える。

負ける戦いはしない

この二年ほど前、銀行の一つ姿を見た。その頃、世界的な不況で、日本でもばたばた倒産した時代である。夫の会社も倒産する一歩手前であった。貸入をして設備投資をしたばかりであった。もちろん、会社のすべてと自宅まで銀行の担保に入っている。

ある日のこと、朋代は銀行に父から譲られた別荘を担保にお金を貸すから、権利証と実印を持ってくるように言われた。朋代はその場で借りられる額が少なければ借りるつもりはなかったが、せっかくの機会なので顔を出してみた。

「調べるから権利証と実印を置いていくように」

と、担当者が言った。

「実印は、お借りする時に押すものですから、権利証だけお預けします」

と、朋代は言葉を返した。

数日後、銀行から実印を持って、朝九時までくるようにと連絡があった。いざ、行ってみると、昼になっても呼ばれない。朋代は貸すつもりもないとみてとった。ならば、平然と置いてある雑誌を見ているしかない。いかに平然としていられるかである。

午後三時、行員が七名、ずらっと並んで腰かけている。だいぶ離れたところにポツンと一つ椅子が置かれていた。朋代は自分の仕事を持っているので、夫の会社の役員にはなっていない。この部屋のしつらえ方だと普通の女性ならば、ここで参ってしまう。ただし、朋代は人様を心深く大切にしているから強かった。この雰囲気にのまれないだけの力を持っていたのだ。

開口一番、

「貸せない」

と、部長が言った。朋代は平然と、

「わかりました。では、権利証をお返しください」

「返せない」

と言う部長の言葉を聞いて、朋代はふと宮本武蔵の『五輪書』の中の「負ける戦いはしない」という言葉が浮んだ。朋代はごくごく丁重に、

「お返しいただけないのなら、その理由を書いた頭取ご署名捺印の文書をください」

部長がしぶしぶ権利証を返してよこした。朋代に六時間も待たせて、朋代にしつらえた部屋は、見事であった。

5章　創作集

鉛色（NPO法人日本詩歌句協会随筆部門特別賞）

その日は曇り空であった。浜辺に向かう一本道を歩いていると、波の音が一定のリズムで聞こえてくる。前へ進んで行くと、波の音の中に、何かはじけるような音が混じってきた。しばらく進むと視界が開けてくる。

そこの浜辺に、一〇人ぐらいの男の人たちが輪になって木材を燃やしていた。

聞くところによると、精神を病んでいた青年が家に一人で住んでいた。その青年が亡くなったので家を壊し、浜辺に持ってきて燃やしているのだそうだ。人々は燃えやすいように木材の位置をなおしている。突然太い火柱が高く上った。やがて、灰色の煙になる。

私は太平洋側の海ばかりを見てきた。初めて見る日本海は曇り空も手伝ってか、空も海も鉛色である。重さが残った。

これは、四五年ほど前に、父方の祖父母の生地、新潟県糸魚川市を訪れた時のことである。糸魚川から新潟市在住のK氏のお宅に伺い一泊させていただいた。K氏は亡くなられたが、相馬御風の門下の歌人で、良寛研究家でもあった。

その時、写真版であるが、会津八一（日本の歌人・美術史家・書家。雅号は、秋艸道人、渾斎。新潟市名誉市民）の書を見せていただいた。巻紙の手紙と和歌が書かれた色紙である。

私は文字によって作り出されている空間のすごさに息をのんだ。真の空間は、空間だけで心を掴む。線質の豊かさにも惹き込まれた。

会津八一という人物のことが知りたくなった。この人物にかかわる本を読んでみた。それは強い個性と烈しい自我で、様々なものを学びとる様子が尋常一様ではなかった。私は自分の心の置きどころに戸惑った。

ある時、坪内逍遥の自宅に若い卒業生（早大）が招かれた。みながかしこまっていたのを見た逍遥が「固くならずに楽にしてくれたまえ」と言うと、八一は肘を枕にごろりと寝そべったという。以来、逍遥の家に行くと寝そべっていた。逍遥はとがめなかったというが、八一の底力を知り始めていたのだという。逍遥も並の人物でなかったことがうかがえる。

八一は常識的なものの中で見るつまらなさを察知してしまったのかもしれない。八一はそこを烈しい自我で踏み潰し、常蔵的な部分を本能的に拒否してしまったのであろうか。

八一の門下生数名がいたところへ、吉野秀雄が歌稿を持参した。その時、あやまって茶碗をひっくり返した。畳を汚すと、八一はその歌稿で無造作に拭きとり、屑入れに投げ込んだそうである。

しかし、吉野秀雄は八一のどんな扱いも仕打ちも、すべて励ましと受け止めて、疑うことがなかったという。これは信仰と同じだと再度伺った新潟のお宅でK氏は語った。

古野秀雄の著書の中におもしろい記載がある。これは折口信夫が、吉野秀雄に語ったというのだが、八一の顔を評して、青春時代の写真の顔は、瀟洒《しょうしゃ》な貴公子のような顔だが五〇代、六〇代の顔は、南蛮鉄のような鬼瓦のような顔だと言ったそうだ。これこそ八一が自身で作りあげた面構えなのであろう。

市民税か水道料かわからないが、八一は名誉市民になっていたので「何で名誉市民の俺にこんなものを請求するのか」と、すごい剣幕で市役所に怒鳴り込んだという。そして、助役をひどく困らせたそうである。

八一は桁外れの自信家で揮毫《きごう》（毛筆で何か言葉や文章を書くこと）の依頼があると、自分の字は一字で一万円であるとうそぶいていた。昭和二九年頃の一万円は大変な大金である。

吉野秀雄のように八一を敬慕してやまなかったもう一人、宮川寅雄は、畏れながらも八一を〝視座の錯乱した人〟〝無性格な人〟と、冷めた口で見ていたという。

八一は奈良美術、ギリシャ美術など底の知れないほど多くのものを烈しい自我で学びとっている。

八一の作品は、私のような者が気を許しても近づけさせてくれて、感覚を研ぎすまさせてくれる。

八一は昭和三五年、七六歳で病院の一室で生涯を閉じた。瀕死の病人が突然大声で「会津八一を知らんか」と、怒鳴ったそうだ。吉野秀雄は「先生が死神を叱りつけた言葉だ」と言ったという。私は、八一の自我の爆発だったのではないかと感じた。

私は書の作品を見る時、すばらしい作品の前に立つと、心と体が一体化し至福を味わう。しかし、八一の作品は違う。八一の作品のすごさに私の感覚は魅せられるが、心とは一体化はしない。私の感覚と心はバラバラで心が鉛色に沈む。でも、私の中では、この鉛色の重さは、初めて見た祖父母の生地、糸魚川の海と空の鉛色の重さとともに、私から外してはいけないものになっていた。

けむり

桜が満開となった頃、ドシャ降りの雨と風が花びらを持ちながら、窓を叩きつけていた。

廊下に出ると、放送されているジャズがボリューム高く流れている。

上司のプロデューサーとともに、スタジオに入った。すると、雨音もジャズもすべて遮断される。私は当時、民間放送のアナウンサーをしていた。

番組の収録のために、おいでいただいた菊田一夫氏は、椅子を立たれて、お互いににこやかなごあいさつとなった。

主に昭和二八年から放送された『君の名は』についてであった。

このラジオドラマは、戦後の女性達の心を夢中にさせ、あの時代を癒してくれた、かけがえのないドラマである。

内容についていて、くわしいことはほとんど思い出せないが、菊田氏は小柄で目のあたたかな方であった。私は、たった一回しかお会いしていないのに、七八歳になった今も、そのやさしい目が輝きとなって、心の中に生き続けている。

番組の録音が終わり、別室で雑談をしていた時に「私は、今も産みの親を探しています」とおっしゃられた。

なぜか、その言葉が心に残り、数年前、母上にお会いになられたであろうかと調べてみた。

菊田氏は、明治四一年三月、父・西郷武大、母・せんの四男として横浜で生れた。同年、台湾に転居（生後四か月）、両親離婚のため、近所に住む台北庁職員河野文次郎、りゅう夫妻の養子となる。しかし、実子が生まれたため他家に出され、六年間、たらいまわしにされたという。大正三年、菊田吉三郎、セツヨ夫妻と正式に養子縁組、以降菊田姓を名乗った。あくる年、養父吉三郎死去、養母セツヨの七度目の夫に、商学校に入れてやると言って、六年の後期を残して退学させ、大阪の薬種問屋に丁稚年季奉公に売りわたした。菊田氏がまだ一二歳の秋であったという。その後、吉田源三郎という男に、五年契約で一五〇円で菊田氏を売っていたのである。

幼時から少年期にかけて、辛酸をなめつくした菊田氏は、おのれ独りにこだわったという。菊田氏はマイナスをすべて穢れをなくしたプラスに変えて前進されたのであろう。マイナスな出来事をプラスにする工夫ができたら、こんなに自分にとって強いものはない。人間、生きている間には、マイナスが雨のように降ってくることがある。そんな時は貯めておけばいい。少しずつプラスにしたっていいのだ。それがやがて、自分の中の太い柱となり、今まで自分に見えていなかったことが見えてくる。これらのことが土台になったのであろうか。菊田氏は詩を書き始め、入選したことがきっかけで、サトウハチローらとの出会いなどで劇作家になったという。

連続放送劇『鐘の鳴る丘』を書いていた昭和二二年頃、山口県へ引き揚げていた実父西郷武大から、暮しに困っているという手紙が何度か届き生活費を送ったが、事業をやるから金を貸せと言ってきたので、つき合いを絶ったそうだ。

菊田一夫著『求めてやまないもの』の中に、

「他人からは、私は温かいとよくいわれます。自分ひとりしかいないから、ほかの人が頼ってきた場合には、その人もひとりしかいないから、私でできる範囲でしてあげよう、と思うのです。してはあげるけど、その人からなにかしてもらおうとは思いません。私が助けてあげるが、助けてあげたって、その人となんの連関も持とうとは思いません。私の死ぬ時はひとりでいいのだという考え方なのです」

と書かれていた。

この言葉は、幼時から少年期にかけて、辛酸をなめつくした人が、自分の魂だけは傷つけないようにされながら、生きてこられた方がもつ言葉として心に沁み込む。

戦後、満州から引き揚げてきた森繁久弥に、菊田氏は密かに生活費を送り続けていたという。菊田氏の葬儀の日に、ポツリともらした森繁久弥の言葉を東宝の社員が聞いていた。

森繁久弥はその送金がなければ、他の職を得て『屋根の上のバイオリン弾き』の名優の姿はなかったかもしれない。

昭和二八年頃、『君の名は』で有名になり始めてから、「あなたの母親だ」と言って、二人ほど手紙をよこした人がいた。しかし、その二人は違っていた。

人を介して、内田せんさんが会いたいと言ってきたという。以前にもあったことなので悩んだという。間もなくして死んだという電報が入った。葬儀は山形で行なうというので山形へ行った。四〇年ぶりの再会だが、愛情というものに接したことがないので、少しも悲しくない。一滴の涙も出ない。

私がお察しするには、母上は前から菊田氏が自分の息子であるとわかっておられたのではなかろうか。母上はご自分の死期を悟られて、会いたいとおっしゃられたのであろう。

生後四か月の乳飲み子をかかえて離婚となり、働きながら育てることは不可能である。母上は、菊田氏を捨てたわけではない、母親であれば乳を飲ませ、おむつをとりかえ、抱いたりおぶったりを四か月もしているのだ。どんなに、手放すことがつらかったかしれない。子どものいない近所の人に養子に出したことで、母上を責めるわけにはいかないであろう。

母上が、生きているうちに菊田氏に、会っていただきたかった。そうすれば、菊田氏が最も欲していた扉が開き、四〇年のむなしさを少しずつ、ほどけさせていけたのではなかろうか。

菊田氏が火葬場で、実母の亡骸を焼く煙突のけむりを見ているうちに、この人が僕を生んでくれた母親か、その人がけむりとなって、さようならを告げているのか、そう思ったら涙がとめどなく流れてきたという。

菊田氏は芸術的なものを書こうとしていたわけではないという。人間の生き様を見てもらいたかったのであろう。

菊田氏は日活の取締役になられた。苦労された人の中には、他人に厳しくなる人とやさしくなる二通りがあるような気がする。菊田氏のやさしさの中には、美しさが流れている。

おわりに

本書の題名を「一回」とした。朋代がたった一回、言葉を交したおじさんが実の父である。実の父は戦前、戦中、言論の自由のための活動をして特高警察に捕まり獄死した。朋代はこの父の名字も名も知らない。人様を大切にすることを教えてくれた父から、真に強くならねば人にやさしくなれないことを知り、谷底から這い上る力もそこからもらった。良くも悪くも地に足をつけ、そこから見る力ももらった。

俳人である政成一行氏から大石輝一画伯が描いたブスケ神父様の絵はがきをいただいた。憲兵に連れさられ、拷問の上に惨殺なされたこと、その理由は「天皇」は神ではないという発言だそうである。無論、朋代もこの発言と同じ考えである。政成様にいただだいた絵はがきは、本書の内容の柱の一本である。政成様に厚く御礼を申し上げます。

東銀座出版社の猪瀬盛氏には、ご助言をいただき、心より感謝申し上げます。

二〇二一年　一〇月

里柳 沙季（さとやなぎ さき）

1933 年　東京に生まれる

青年学級演劇講師、茶道講師を経て、現在は書道教師、いけばな教師

2001 年 『子供時代』で第 44 回「日本随筆家協会賞」を受賞

2011 年　第 7 回「ＮＰＯ法人日本詩歌句協会随筆部門特別賞」を受賞

共著（随筆集）に『思い出の歌』『私の宝物』がある（共に日本随筆家協会刊）

住所　〒 278-0023　千葉県野田市山崎貝塚町 46-9 鷲澤方

『東京大空襲《とうきょうだいくうしゅう》を乗《の》り越《こ》えた朋代《ともよ》　一回《いっかい》』

2021 年 10 月 26 日　第 1 刷発行 ©

著者　里柳 沙季

発行　東銀座出版社

〒 171-0014　東京都豊島区池袋 3-51-5-B101

TEL：03-6256-8918　FAX：03-6256-8919

https://www.higasiginza.jp

印刷　中和印刷株式会社